CHOCOLAT

Armin Zogbaum   Edith Beckmann   Jérôme Bischler

CHOCOLAT

Wichtiger Hinweis zu Agar-Agar
Für die Rezeptentwicklung wurde Agar-Agar-Pulver in Bioqualität aus dem Reformhaus/Bioladen verwendet, das eine deutlich größere Bindekraft hat als dasjenige aus dem Supermarkt.

Zweite Auflage 2008

© 2007 Fona Verlag AG, CH-5600 Lenzburg, www.fona.ch
Verantwortlich für das Lektorat: Léonie Haefeli-Schmid
Fotos: Jérôme Bischler, Schönenberg; ausser Seiten 12–37,
R. & H. Neuenschwander AG, Grafenried
Rezepte und Styling: Armin Zogbaum, Zürich
Inhaltskonzept und Grafik: Doris Niederberger, FonaGrafik
Cover (Reihencharakter): Dora Eichenberger-Hirter, Birrwil
Sachtexte: Edith Beckmann, Frauenfeld
Test- und Fotokochen: Pia Westermann, Vechta (Deutschland)
Negativ-Abzüge: Damaris Dändliker, Tricolor, Zürich
Druck: Druckerei Uhl, Radolfzell

ISBN 978-3-03780-310-3

VORWORT

Ich stehe dazu: Bei Schokolade werde ich immer schwach. Und vielen Mitmenschen ergeht es genauso. In Amerika nennt man Schokoladenliebhaber sogar «chocoholic» – Schokoladensüchtige. Eine Bezeichnung, die auch auf mich zutrifft. Die braunen und weißen Tafeln versüßen mein Leben täglich.

Schokolade ist nicht nur die beste süße Erfindung überhaupt. Sie weckt auch die Lebensgeister, sie stimmt Menschen friedlich – und ist zudem gesünder als man denkt. Schon die Azteken schrieben der Schokolade eine potenzfördernde Wirkung zu. Sie ist aber vor allem ein Genussmittel geblieben, eine Art sanfte Droge, die Kinder und Erwachsene gleichermaßen glücklich macht und stimuliert.

Dieses Buch war für mich ein wunderbarer Anlass, meine Schokoladensucht auszuleben – und dabei erst noch Arbeit und Genuss zu verbinden. Nichts ist einfacher, als sich und seine Liebsten öfter mal mit einer Schokoladen-Kreation zu verwöhnen. Die süßen Köstlichkeiten sind mehrfach getestet. Liebhaber von Zartbitter-Schokolade, Milchschokolade und weißer Schokolade werden bestimmt ihre Favoriten finden.

Armin Zogbaum

INHALTSVERZEICHNIS

Lexikon

- 14 Zahlungsmittel
- 16 Geschichte
- 18 Konsum/Botanik
- 22 Anbau
- 26 Herstellung
- 28 Pioniere
- 30 Kunsthandwerk
- 36 Gesundheit
- 38 Produkte

Praxis

- 42 Temperieren
- 44 Schmelzen
- 46 Garnituren

Kuchen und Torten

- 50 Ursis ungebackene Quark-Rahm-Torte
- 52 Wiener Sachertorte
- 54 Trüffeltorte
- 55 Schokoladen-Himbeer-Muffins
- 56 Schokobiskuitroulade mit Orangenfüllung
- 58 Exotischer Schokoladen-Gewürz-Stollen
- 59 Die 10-Minuten-Schokoladen-Torte aus der Mikrowelle
- 60 Englischer Schoko-Nuss-Cake
- 62 Himbeer-Tiramisù-Torte
- 63 Ungebackener Cappuccino-Cake
- 64 Amerikanischer Baileys-Schoko-Cheese-Cake
- 66 Schokoladentorte mit Blüten
- 68 Meringuierte Schokotarte
- 70 Kirschtörtchen mit weißer Schokolade und Maraschino

Konfekt und Pralinen

- 72 Rosentrüffeln
- 74 Weiße Mandeltrüffeln mit Amaretto
- 74 Weihnachtliche Schokoladenrüffeln
- 75 Gefüllte Schoko-Makronen
- 76 Mürbe Cappuccino-Fudges
- 77 Florentiner
- 78 Schoko-Mandel-Knusperli
- 78 Kirschen im Marzipan-Schoko-Mantel

Desserts

- 80 Warme dunkle Schokoladentörtchen mit flüssigem Innenleben
- 82 Schokoladenzabaione
- 82 Schokoladenfondue
- 83 Schoko-Pancakes mit Kirschen und Campari-Schokoladen-Sirup
- 84 Schokoladen-Soufflee mit Minze
- 86 Eingesunkene Schokoladentörtchen mit Kokosnuss-Eiskugeln
- 88 Warme Schokowaffeln mit Bananencreme
- 89 Vanille- und Schokoladen-Panna-Cotta
- 90 Bananen-Schoko-Eislutscher
- 92 Schokoladenmousse in Variationen
- 93 Schokoladen-Buttermilch-Eis
- 93 Weißes Schokoladeneis
- 94 Weihnachtliche Schokoladenmousse im Blätterteig
- 96 Dreifarbiges Cappuccino-Parfait
- 98 Heiße Schokoladenherzen auf Rosenzabaione
- 100 Cappuccino-Mousse
- 101 Weiße Schokoladenmousse mit Sommerbeeren

Cookies und Kekse

- 102 Pekannuss-Brownies
- 104 Gefüllte Schokobären
- 106 Amerikanische Schokoladen-Cookies
- 107 Schokoladen-Haferflocken-Cookies

Pikante Gerichte

- 108 Chili con carne
- 110 Karottensüppchen mit pikantem Schokoladenrahm und Zimt
- 110 Scharfes Maroni-Schokoladen-Süppchen mit Pancetta
- 113 Rindsfilet an Rotwein-Schokoladensauce mit Maroni
- 114 Katalanisches Rindsragout mit Schokolade
- 116 Pouletbrust mit Mole poblano

Drinks

- 118 Heiße Schokolade mit Kaffee und Zimt
- 118 Hot Chocolate mit Chili und Zimt
- 120 Heiße weiße Schokolade
- 120 Schokoladenlikör
- 121 Montezuma-Drink
- 121 Trinkschokolade

Anhang

- 122 Stichwortverzeichnis
- 125 Autoren und Fotografen

Wo nicht anders vermerkt, sind die Rezepte für 4 Personen berechnet.

LEXIKON

KAKAOBOHNEN WAREN BEI DEN AZTEKEN BARE MÜNZE

Die Währung in der leicht verderblichen Form war allerdings alles andere als stabil. Und selbstverständlich rief sie auch gewiefte Fälscher auf den Plan.

Bereits vor dem Anbruch des zweiten Jahrtausends verwendeten die Völker Mittelamerikas Kakaobohnen als rechnerische Einheit. 400 Bohnen entsprachen einem Zontli, 8000 einem Xiquipilli. In mexikanischen Bilderhandschriften stellt ein mit Kakaobohnen gefüllter Korb die Zahl 8000 dar.

Als die Azteken um 1200 ihre Vorherrschaft in Mexiko festigten, kam dies die unterlegenen Mayas teuer zu stehen. In einem entsprechenden Register aus jener Zeit sind die von den Mayas zu leistenden Kakaolieferungen fein säuberlich aufgeführt!

Auch die spanischen Konquistadoren bezahlten mit Kakaobohnen. Einer Preisliste aus dem Jahre 1545 ist zu entnehmen: Eine Bohne für eine große Tomate oder hundert Bohnen für einen Hasen. Ein in Maisblätter eingewickelter Fisch kostete drei Kakaobohnen, ein Truthahn hingegen zweihundert.

Wie wenig Wert diesen barbarischen Eroberern ein Menschenleben war, darüber berichtete Hernando de Oviedo y Valdez von seiner Expedition nach Amerika. Stolz meldete er 1513 nach Spanien, er habe für hundert Kakaobohnen einen Sklaven gekauft.

«Für Chocolade nimmt man dermaligen geröstet Mehl von Cerealien und Hülsenfrüchte, Ocker, Thon, auch Weinbeerkerne nahm man schon, Cacaoschalen und von manchen genommen wurden echte Kastanien, Bucheckern, Eicheln, mancher Schalk, nahm auch bloss Ziegelmehl und Talg.»

AUS DEM «LIEDERBUCH FÜR FRÖHLICHE FÄLSCHER», 1878

Anfang des 16. Jahrhunderts tauschten die Völker aus dem Süden ihre Kakaobohnen sowie die farbenprächtigen Vogelfedern des Quetzal und die Edelsteine gegen Töpfereien und Stoffe aus dem rauen Norden. «Der reelle Kakaohändler bot nur dicke, feste, ausgesuchte Bohnen an, und zwar nach Qualität sortiert», heißt es in einem überlieferten Bericht. Die Fälscher hingegen hätten minderwertige Bohnen zum Aufquellen in Wasser gelegt oder sie künstlich aschgrau oder blassrot gefärbt, um einen besseren Preis zu erzielen. Die Azteken, berühmt für ihr Fälschertalent, imitierten bald einmal auch die Gold- und Silbermünzen der Spanier.

Schokolade als Bestechungsmittel hat Tradition. Bei Kindern funktioniert der Trick meist noch heute. Der Marquis de Albuquerque hatte damit bereits 1654 Erfolg. Er schenkte den königlichen Räten die dazumal sündhaft teuren Kakaobohnen für die Zubereitung von heißer Schokolade und erwarb sich damit ihre Gunst.

Selbst bei der Heiligsprechung von Sebastian de Aparico im Jahre 1697 war Schokolade im Spiel. Denn inzwischen frönte auch die hohe Geistlichkeit in Rom dem Genuss von Kakao und mochte seine sättigenden Eigenschaften während der Fastenzeit nicht missen. Nach etlichen erfolglosen Versuchen, die Sache zu beschleunigen, wechselten jedenfalls nicht wenige Kilogramm Kakaobohnen die Hand – und die Heiligsprechung war perfekt.

Eine Luxussteuer für Schokolade führte Friedrich I. von Preußen im Jahre 1704 in Deutschland ein. Wer dem Getränk frönen wollte, hatte zwei Taler für einen Erlaubnisschein zu zahlen.

Für die arme, notleidende Bevölkerung ersann der Preußenfürst eine List: Er beauftrage A. Sigismund Marggraf, ein Chemiker, nach Kakaoersatz zu suchen. Nach längerem Tüfteln präsentierte er einen Trunk aus gerösteten, geschälten und gemahlenen Lindensamen, mit Zucker versetzt.

DAS GEHEIMNIS DER KAKAOBOHNEN BLIEB KOLUMBUS VERBORGEN

Auf der Suche nach dem sagenhaften Reichtum Indiens stand ihm der Sinn nicht nach unscheinbaren braunen Kernen. Ihm war lediglich aufgefallen, dass sich die Eingeborenen schnell bückten und hastig die Kakaobohnen einsammelten, wo immer sie beim Umladen zu Boden fielen.

AUF DER REISE IN NEUE WELTEN…

Das war im August im Jahre 1502 vor der Küste Nicaraguas. Auf seiner vierten Reise in die Neue Welt hatte der Admiral mit seiner Seemannschaft ein Schiff überfallen. An Bord waren Maya-Kaufleute, die mit bunten Baumwollstoffen, Waffen und Kupfer handelten. «Außerdem hatten sie eine Art Mandeln bei sich, die ihnen als Münzen dienten und aus denen sie sich auch ein nahrhaftes Getränk zubereiteten», so berichtete ein Expeditionsteilnehmer.

Die ersten Europäer, welche mit dem Rohstoff der Schokolade Bekanntschaft machten, konnten mit dem Trunk der Eingeborenen, den diese in feierlichen Zeremonien zubereiteten, erst einmal überhaupt nichts anfangen. Doch irgend etwas musste dran sein an diesem umständlichen Getue der Azteken. Mit Kopffedern geschmückte Männer rösteten die Kakaobohnen in einer Schale über dem offenen Feuer. Die gerösteten Bohnen zermalmten und zerrieben sie mit einem Holzstab auf einem Steintisch. Die dabei entstandene Masse füllten sie in einen Henkelkrug, sie gaben Wasser und Gewürze dazu und rührten das Ganze mit einem Holzquirl schaumig. Diese Szene hielt Olfert Dapper mit exaktem Bleistiftstrich in seinem Buch «Die unbekannte Neue Welt» 1673 fest.

Der habgierige Spanier Hernan Cortés (1485–1547), welcher das Aztekenreich in Mexiko von 1519–1522 in blutigen Raubzügen eroberte, erkannte die Kakaobohnen nur als Zahlungsmittel. Umgehend ließ er eine große Plantage errichten, um «Geld zu züchten». Stolz erstattete der Konquistador Bericht an Kaiser Karl V.: «Die Bohnen haben großen Wert, da sie auch als Münzen gelten und man damit alles kaufen kann, was man braucht.»

Immerhin brachte Hernan Cortés bei der Rückkehr nach Spanien 1528 nicht nur Kakaobohnen mit, sondern auch die notwendigen Geräte für die Zubereitung. Doch die Europäer kamen nicht auf den Geschmack des von den Azteken «Xocolatl» genannten Getränks. «Man muss an das Gebräu gewöhnt sein, wenn einem nicht schon beim Anblick des Schaums, der wie Hefe über einer gärenden Flüssigkeit quillt, übel wird», lautete das vernichtende Urteil des Jesuiten José d'Acosta.

...NEUE GEHEIMNISSE ENTDECKEN

Erst das Zuckerrohr verhalf der Schokolade zu Ruhm und Ehre. Gesüßt und mit Vanille gewürzt, eroberte die Köstlichkeit die verwöhnten Gaumen der Adligen am kaiserlichen Hof. 1585 landete die erste Schiffsladung mit Kakaobohnen aus Vera Cruz in Spanien – und damit in Europa. Dem nahrhaften, sättigenden Getränk wurde genüsslich zugesprochen, besonders während der Fastenzeit.
Schokolade höflich zu schlürfen blieb vorerst eine rein spanische Angelegenheit. Jedenfalls bis Prinzessin Anna von Österreich, eine Tochter König Philipps III. von Spanien, 1615 den französischen König Louis XIII (1601–1643) heiratete. Unter ihrer großen Mitgift befanden sich unter anderem auch Kakaobohnen und kostbare Chocolatières, um das Modegetränk standesgemäß servieren zu können.
Selbstverständlich hatte die junge Braut ihre spanische Schokoladenköchin mit an den Hof von Versailles gebracht. Doch das Getränk stieß längst nicht bei allen Aristokraten auf Gegenliebe. Gleiches musste die Initiantin erleben: Sie beschimpften sie, genusssüchtig und sinnlich zu sein.

Mit einem lukrativen Kakaoschmuggel vor der Küste Venezuelas gelang es den Holländern im Jahre 1635, das Monopol der Spanier zu brechen. Das kam den Briten gerade recht. Sie hatten sich maßlos über die überrissenen Preise der Spanier geärgert und sie als skrupellos, habgierig und herrschsüchtig gebrandmarkt.

Ausgerechnet in London eröffnete im Jahre 1657 ein Franzose das weltweit erste Schokoladengeschäft. Und ebenfalls in der englischen Hauptstadt servierte das berühmte Kaffeehaus «At the Coffee Mill and Tobacco Roll» der betuchten Oberschicht 17 Jahre später Schokoladenkuchen und Schokoladenrollen, ein biskuitähnliches Gebäck «nach spanischer Art».

Auf dem Schlachtschiff «Le Triomphant» traf im Jahre 1679 die erste Ladung Kakao aus französischer Produktion ein, die von den Franzosen enthusiastisch begrüsst wurde. Es war ihnen gelungen, in Westindien Kakaoplantagen zu kaufen.

Mit dem Umzug von Kaiser Karl VI. von Madrid nach Wien schwappte die Schokoladewelle 1711 auch an die blaue Donau über. Schließlich eroberte sie die höfische Lebensart in ganz Europa. Während der Rokokozeit avancierte die Schokolade zu einer galanten Nascherei. Und das ist sie bis heute geblieben.

KÖNNEN SIE SICH EINEN BERG AUS SCHOKOLADE VON EINEM METER HÖHE VORSTELLEN?

*Das sind rund 120 Tafeln zu 100 Gramm.
Oder 12 Kilogramm. So viel Schokolade konsumierten
die Schweizer durchschnittlich im Jahr 2000
(statistischer Pro-Kopf-Konsum).*

Auf dem zweiten Platz liegen die Deutschen mit 10 kg, gefolgt von den Österreichern mit 9,3 kg und den Norwegern und Irländern mit je 8,5 kg. Zu den Schlusslichtern zählt mit 3,5 kg ausgerechnet Spanien, die einstige Kakao-Hochburg, sowie Italien mit 3,3 kg.

Aber Hand aufs Herz: So ausgewiesene Schokoladenesser sind die Schweizer denn auch wieder nicht. Schließlich gibt es auch noch Rösti und Fondue. Es sind in erster Linie Touristen, welche die süßen Souvenirs nach Hause mitnehmen und so den Ruhm der Schweizer Schokolade in alle Welt hinaustragen.

Das war schon so vor rund hundert Jahren. Damals konnten sich allerdings nur die Betuchten Ferien und Reisen leisten. Heute zählt der Urlaub zum Leben wie das Arbeiten – und Schokolade ist, einmal abgesehen von den Rohstoffpreisen, dank rationeller Produktion je länger je erschwinglicher geworden.

Die 17 Schokoladenfabriken der Schweiz stellten im Jahr 2000 das ansehnliche Quantum von 138 373 Tonnen Schokolade her, und zwar mit 4260 Beschäftigten. Vor etwa 80 Jahren produzierten gegen 6000 Angestellte in 23 Betrieben 40 000 Tonnen.

Ein reger Schokoladenhandel findet zwischen der Schweiz und Deutschland statt: 16 695 Tonnen Schokolade aus Schweizer Produktion, also 26 % des gesamten Exports von 63 559 Tonnen gingen im Jahr 2000 nach Deutschland. Umgekehrt wissen die Schweizer auch die deutschen Erzeugnisse zu schätzen, konsumierten sie doch im gleichen Jahr rund 5864 Tonnen.

Schokoladen im «Kleinformat» werden immer beliebter, seien es sogenannte Napolitains und Lunchtäfelchen, aber auch handliche Kalorienspender für zwischendurch wie Riegel und Stängel.

BITTER SIND DIE BOHNEN, DIE AUF DEN KAKAOBÄUMEN WACHSEN.

Nichts, aber auch gar nichts lässt bei den gurkenförmigen, bauchigen Früchten, die an kurzen Stielen direkt am Stamm oder an dicken Ästen sitzen, auf süße Schokolade schließen.

Bis zu zehn Jahre dauert es, bis der seltsame immergrüne Baum den vollen Ertrag liefert. Anspruchsvoll bezüglich Klima und Pflege ist er auch. Und dann kann pro Jahr gerade mal der Rohstoff für 30 bis maximal 50 Tafeln Schokolade geerntet werden ...

Ein Geschenk des Himmels muss für den schwedischen Naturforscher Carl von Linné (1707–1778) das stattliche Gewächs dennoch gewesen sein. Er hatte sein halbes Leben damit verbracht, allen Pflanzen- und Tierarten lateinische oder griechische Namen zu geben; sie haben immer noch auf der ganzen Welt weitgehend ihre Gültigkeit. Theobroma cacao nämlich, «Götterspeise», taufte Linné den Kakaobaum und ordnete ihn der Familie der Sterkuliengewächse zu, gleich wie die Kolanuss.

Direkt aus dem Garten Eden brachte Quetzalcoatl, der Mondgott in der alt mexikanischen Religion, die Samen. So jedenfalls will es die Mythologie der Mayas und Azteken, die ihren Kakao als symbolische Erinnerung an seinen Überbringer und ihm zu Ehren in großen Mengen tranken. Bereits um das Jahr 600 hätschelten die Mayas in Mittelamerika den Baum, den sie Cacahuaquahitl (Lebensbaum) nannten, auf ausgedehnten Plantagen.

LEXIKON KONSUM / BOTANIK

| DIE BLÜTE, AUS DER DIE KAKAOBOHNE WÄCHST

*Zehn Jahre Hoffnung auf süßen Lohn sind eine lange Zeit.
Für gutes Gelingen erflehten die alten Indios den Segen von ihrem
Mondgott Quetzalcoatl und legten die Kakaosamen für vier
Nächte ins helle Mondlicht. Sie bewiesen ihm ihre Geduld, indem
sie vor der Aussaat dreizehn Tage lang Enthaltsamkeit übten.*

Auch nach über 1000 Jahren Kulturzeit ist der Kakaobaum auf eine liebevolle Pflege angewiesen. Als Sämling verbringt er ein paar Monate geborgen in Binsenkörben, er benötigt eine hohe Luftfeuchtigkeit und eine Durchschnittstemperatur von gut 20 °C, will aber keine pralle Sonne. Sinkt das Thermometer nachts auch nur auf 13 °C, reagiert die Pflanze auf die «raue Sitte» mit Wachstumsstörungen und fängt an zu kränkeln. Die Anbaugebiete beschränken sich aus diesem Grund auf das Äquatorgebiet, im Norden und Süden, begrenzt durch die Wendekreise.

Kapriziös bleibt der Kakaobaum sein Leben lang. Aber während eines halben Jahrhunderts darf immerhin mit einer rentablen Ernte gerechnet werden. Er beansprucht tiefgründige, humusreiche Erde, in welcher er seine Pfahlwurzeln gut einen Meter tief verankert. Als ursprüngliches Untergehölz in den Regenwäldern am Amazonas will das Gewächs im Schatten stehen. So pflanzt man den Kakaobaum zu Füßen von Bananenstauden, Kokospalmen oder Affenbrotbäumen, die ihr Blätterdach schützend über den Sprössling ausbreiten.

Im Alter von 2 Jahren schmückt sich der Kakaobaum erstmals mit zierlichen Blüten. Sie sitzen zu kleinen Sträußchen gruppiert in verschwenderischer Fülle direkt am Stamm oder in der Gabelung von Hauptästen. Denn offensichtlich sind die Zweige nicht in der Lage, später die schwere Last der Früchte zu tragen.

Ist der Baum erst einmal ein Dutzend Jahre alt, so hüllt er sich in einen verschwenderischen Schleier von rund 100 000 Blüten, die sich rund ums Jahr unermüdlich entfalten. Fünf kleine rosarote Kelchblätter sind von gleichvielen gelblichweißen Blütenblättern umgeben. Doch ihre Schönheit dauert nur ein paar Stunden. Die Bestäubung erfolgt durch eine spezielle Fliegenart, die nicht sehr verbreitet ist. In Plantagen werden die Blüten deshalb zum Teil auch künstlich befruchtet.

Aus der tausendfachen Blütenpracht kann der Baum nur 20 bis 30, in seltenen Fällen bis 50 Kakaofrüchte austragen. Botanisch gesehen handelt es sich bei der Frucht um eine Beere. Die wulstigen, gekerbten Schalen sind 15 bis 25 cm lang und oval und hängen direkt am dicken Holz. Die Früchte erreichen einen Durchmesser von 7 bis 10 cm. Sie sind zuerst grün, verfärben sich später gelb und bis zur Ernte rot, ockerbraun oder orange, je nach Sorte.

Der eigenartige Baum belaubt sich ständig mit sattgrünen Blättern, gleichzeitig entfalten sich Blüten und es reifen Früchte heran. Und diese lassen sich Zeit: von der Befruchtung bis zur Ernte verstreichen vier bis neun Monate.

Die ausgereiften hartschaligen Früchte wiegen um die 500 Gramm. Die 25 bis 50 Kakaobohnen sind in fünf Längsreihen in das süßsäuerliche Fruchtfleisch, auch Pulpe genannt, eingebettet. Bis aus den ausgesprochen bitteren Samen leckere Schokolade wird, ist der Weg beschwerlich und weit!

LEXIKON BOTANIK

DER KAKAO IST EIN KIND DER TROPEN

In der schwülfeuchten Hitze nach der Regenzeit im Oktober beginnt die Haupternte in überaus harter Handarbeit: Männer schlagen mit Bambusstangen, die mit Macheten und Messer bestückt sind, die zuckerrübengroßen Früchte von den Bäumen. Damit die schweißtreibende Ernte vom Boden aus getätigt werden kann, lässt man den Kakaobaum kaum höher als sechs Meter wachsen.

Wie bei der Kokosnuss muss auch bei der Kakaofrucht die harte Schale aufgeschlagen werden. Ein präziser Hieb mit dem Buschmesser – oder einem Schlagstock – und die Frucht zerfällt in zwei Längsteile. Die Samen sitzen wie beim Maiskolben um eine Säule gruppiert im Fruchtfleisch. Beides wird herausgekratzt, zu Haufen geschüttet, in Körbe gefüllt oder in großen Kästen ausgelegt und dann mit Bananenblättern und Zweigen abgedeckt.

Nun folgt die Fermentation, ein natürlicher, für hochwertigen Rohkakao entscheidender Gärprozess. Er dauert einige Tage, während der Bitterstoffe in den Samen abgebaut werden und die Kakaobohnen erste Aromavorstufen bilden. Dabei sind eine sorgfältige Pflege und die gewissenhafte Umschichtung für eine gleichmäßige Fermentation Voraussetzung.

Nach abgeschlossener Gärung enthalten die Bohnen noch rund 60 Prozent Feuchtigkeit, die sie leicht verderblich macht. Deshalb lässt man sie während rund einer Woche auf Matten ausgebreitet – unter regelmäßigem Wenden – an der Sonne trocknen. Danach wird der Kakao klassifiziert, in Jutesäcke abgefüllt, gewogen und zu den regionalen Sammelplätzen gebracht.

Nur zwei Kakaoarten sind für den Anbau und den Handel wichtig: Und zwar der erstklassige Edelkakao «Criollo» und der Konsumkakao «Forastero» mit seinen verschiedenen Züchtungen und Varietäten. «Criollo» kommt hauptsächlich aus den Ursprungsländern Ecuador und Venezuela; die Kakaobohnen sind empfindlich auf Witterungseinflüsse und schwierig zu pflegen. Die Früchte sind zudem später reif als diejenigen der «Forastero»-Bäume und die Ernte fällt geringer aus. «Criollo-Kakao» ist deshalb teurer und findet für exklusive Schokoladen und Spezialitäten Verwendung. Der Anteil an der weltweiten Gesamtproduktion beträgt weniger als zehn Prozent.

MIT DEM SCHLAGSTOCK ÖFFNET MAN DIE SCHALE

DER INHALT DER KAKAOFRUCHT

Die Hauptanbaugebiete der «Forastero-Sorten» und ihrer Untergruppen sind Westafrika, Brasilien und Südostasien.

Den rauen Sitten des internationalen Rohstoffhandels sind die Bauern mehr oder weniger schutzlos ausgeliefert. Internationale Kakaoabkommen sollten zwar die Weltmarktpreise stabilisieren und den Pflanzern ein gesichertes Einkommen garantieren. Doch diese Maßnahmen sind weitgehend wirkungslos geblieben. Gründe sind unter anderem die Überproduktion von Kakao und die gegensätzlichen Interessen der Anbauländer und der Schokolade fabrizierenden Nationen.
Multinationale Konzerne im Norden diktieren die Spielregeln und sind auch bei der wirtschaftlich lukrativen Verarbeitung die Gewinner. Denn normalerweise werden die fermentierten und getrockneten Bohnen in die Industrieländer verschifft – die Menschen in den Anbaugebieten haben das Nachsehen.

Hoffnungsschimmer «fairer Handel»: Mit diesem Ziel unterstützen verschiedene internationale Projekte Bauern in benachteiligten Ländern. Sie bieten Hilfe zur Selbsthilfe, leisten Abnahmegarantien bei angemessenen Preisen und verpflichten sich zu langjähriger Zusammenarbeit. Die meist auf privater Basis aufgebauten Organisationen finanzieren sich vor allem durch den Verkauf der «fair gehandelten» Produkte. Unter dem Motto «Fairer Handel» engagieren sich die Organisationen auch für soziale Belange wie Schulbildung und ärztliche Versorgung, ökologische Landwirtschaft und eine angemessene Infrastruktur für ein menschenwürdiges Leben.

BOHNEN WERDEN ZUM TROCKNEN AUSGEBREITET

AUSGEBREITETE BOHNEN

LEXIKON ANBAU

SCHOKOLADENFABRIKEN SIND FÜR LAIEN DAS SAGENUMWOBENE SCHLARAFFENLAND SCHLECHTHIN

Aus Düsen fließt ununterbrochen eine leckere Masse in Formen. Schokoladentafel um Schokoladentafel zieht wie von Geisterhand geführt auf Förderbändern vorbei zur Verpackungsmaschine. Roboterarme mit Saugnäpfen setzen Pralinen in hübsch dekorierte Schachteln. Und alles ist in einen unwiderstehlichen Duft eingehüllt.

Doch bis es soweit ist, haben die Kakaobohnen einen langen Weg zurückzulegen. Und dies nicht nur vom Ursprungsland bis zum Fabrikanten, sondern auch von den unscheinbaren braunen Bohnen bis zur delikaten Schokolade. Nach der Qualitätskontrolle und der Reinigung der Bohnen wird es heiß: bei Temperaturen bis zu 130 °C werden sie 15 bis 20 Minuten geröstet und bekommen so ihr typisches Aroma. Da beim Rösten die Haut der Hitze mehr ausgesetzt ist als das Kerninnere, wird sie spröde und läßt sich leichter entfernen.

In der Brechmaschine werden die Kakaobohnen von der Schale befreit und in Stücke gebrochen. Von hier gelangen sie über eine Absaugvorrichtung in einen separaten Behälter. Die Schalen finden dank der wertvollen Inhaltsstoffe für Kosmetika und medizinische Produkte Verwendung.

Nach streng geheim gehaltenen Rezepten wird der sogenannte Kakaokernbruch verschiedener Sorten und unterschiedlicher Röstdauer gemischt und dann in mehreren Arbeitsgängen zur Kakaomasse gemahlen.

FÜR BESONDERS EDLE SCHOKOLADE WERDEN DIE BOHNEN VON HAND GRÜNDLICH VON DER SCHALE BEFREIT

Ganz egal, welche Geschmacksrichtung Sie lieben: Bei erstklassiger Schokolade muss ein abgebrochenes Stückchen hart und knackig und die Bruchkante sauber durchtrennt sein. Es dürfen auch keine Splitterchen abbröckeln.

Einen zarten Schmelz und auch das volle Aroma bekommt die Schokolade durch das Conchieren. Bei diesem maschinellen Veredlungsverfahren wird Kakaobutter beigemischt und die Masse 48 Stunden intensiv bearbeitet und umgerührt. Die herben Duftkomponenten verflüchtigen sich. Das gewünschte Aroma kann sich voll entfalten. Das Endprodukt ist eine homogene, feine Masse.
Jetzt ist die Schokolade bereit, um in große oder kleine Formen für Tafeln, Riegel, Weihnachtsbaumschmuck, Osterhasen und anderes mehr gegossen zu werden. Elektronisch gesteuerte Maschinen übernehmen das Zepter am laufenden Band: Auf bis zu 100 Meter langen Anlagen wandern die Formen unter Düsen. Diese füllen eine exakt dosierte Menge Schokolade in die Negativform.

Weiter geht die Reise über eine Rüttelstrecke, damit die in der Schokolade enthaltenen Luftbläschen entweichen können. Im Kühltunnel erstarrt die Schokolade und kann nun aus der Form geklopft werden. Über das Förderband gelangt sie zur Wickelmaschine: hier wird sie in Folie und Papier eingewickelt.

Die Schokoladenmasse kann auch Zutaten enthalten wie ganze oder gebrochene Nüsse, Nougat, Rosinen oder kandierte Früchte. Oder sie wird mit einer delikaten Füllung in drei verschiedenen Arbeitsgängen nach oben erwähntem Prinzip hergestellt, unterbrochen jeweils von einer Erstarrungsphase im Kühltunnel.

Die durch Druck und Reibung entstehende Wärme verflüssigt die in den Kakaobohnen enthaltene Butter.

Die dickflüssige Masse ist das Ausgangsprodukt für Schokolade. Sie besteht etwa zur Hälfte aus Kakaobutter. Wenn man die Schokolade im Kühlschrank oder bei zu hoher Temperatur lagert, kann die Butter auskristallisieren und die Oberfläche mit einem weißlichen Belag überziehen. Diese Veränderung ist nur optischer Natur und hat keinen Einfluss auf die Qualität. Kühl, trocken und vor Licht geschützt ist Schokolade etwa ein Jahr lang haltbar.

Für Kakaopulver ist ein Anteil von 50 % Fett viel zu hoch. Das Getränk wäre zu mastig und auch schwer verdaulich. Bereits 1828 konstruierte der Holländer Conrad van Houten eine Presse, mit der die Butter von der Kakaomasse getrennt werden kann. Heute wird die Arbeit von hydraulischen Pressen erledigt, auch in der Schokoladenproduktion. Ob weiße oder braune Schokolade, das Ausgangsprodukt ist das gleiche. Denn das typische Schokoladenbraun ist nur im Kakaokern enthalten. Kakaofett sieht Tafelbutter ähnlich, ist aber wesentlich härter.
Je nach Schokoladenrezept werden eine oder mehrere Kakaosorten mit Zucker, Vanillepulver und Zutaten wie Milchpulver in bestimmten Mengen gemischt. Die Masse läuft dann über ein Förderband, wo sie von mehreren Stahlwalzen in feinste Kakao- und Zuckerteilchen verarbeitet wird.

LEXIKON HERSTELLUNG

VON DER SCHOKOLADE IN DER TASSE BIS ZU TAFELN UND TRÜFFELN WURDE SCHOKOLADE-GESCHICHTE GESCHRIEBEN

Die Schokolade-Geschichte ist international gefärbt; Hand in Hand mit der industriellen Revolution.

Ein brauner Klumpen Kakaomasse diente bereits den kriegerischen Azteken auf ihren Feldzügen gegen die Mayas vor annähernd tausend Jahren als kräftigende Wegzehrung. Doch der zähe, klebrige, fettreiche und äußerst bittere Brei war völlig anders als unsere heutige Tafelschokolade.

Erste Versuche zur Herstellung der süßen Verführung machten die italienischen Cioccolatieri Ende des 18. Jahrhunderts. Sie zogen als fahrende Produzenten auch durch Nachbarländer und boten ihre kaum bezahlbare Schokoladenmasse auf Jahrmärkten feil.

Die Bürgerlichen hatten sich inzwischen an Kaffee und Tee gewöhnt. Und mit dem Niedergang der Aristokratie im 19. Jahrhundert war die bis anhin ausschließlich als Getränk konsumierte Schokolade dem Untergang geweiht. Es begann ein internationaler Wettlauf um die Vormachtstellung in der Massenproduktion von Tafelschokolade.

Durch die Erfindung von Maschinen wurde die traditionelle Handarbeit – nach dem Vorbild der Indios – in der Herstellung der Kakaomasse überflüssig. Die erste Fabrik für feste Schokolade wurde 1780 in Barcelona gebaut. Seit der Pioniertat von Cortés im Jahre 1528, der die Kakaobohnen nach Europa brachte, waren die Spanier das führende Schokoladenland.
Doch 1819 erhielten sie ernsthafte Konkurrenz. Der Schweizer François-Louis Cailler (1796–1852) ließ sich in Italien in die Geheimnisse der Schokoladeproduktion einweihen und eröffnete in einer ehemaligen Mühle bei Vevey am Genfersee seine Manufaktur. Damit war der Grundstein für die älteste, noch heute existierende Schokoladenmarke der Schweiz gelegt.

1831 erhielt der Schweizer Daniel Josty in Berlin ein Patent für seine «Königliche Preußische Kreazone-Schokolade». Sie enthielt nebst Caracas-Kakao, Fleischextrakt (!) und Zucker. Das Pfund kostete einen Taler.

In Frankreich stellte 1841 ein Ingenieur mit Namen Hermann seinen «Mélangeur», eine Mischmaschine, vor. Damit konnte Schokolade rationeller hergestellt werden. 5 Jahre später ergänzte der Techniker Daupley den Mélangeur mit einer Schüttelvorrichtung: Mit ihr konnten Tafeln ohne Luftblasen und damit mit einem einheitlichen Gewicht gegossen werden.

Amors Pfeil machte aus dem Metzgersohn Daniel Peter (1836–1919) einen Pionier in der süßen Branche. Der Schweizer heiratete Fanny Cailler, die älteste Tochter des Schokoladenpatrons am Genfersee. Als echter Patriot suchte der Mann einen Weg, um die im Überfluss vorhandene Milch mit der Kakaomasse zu verbinden. 1875 gelang es ihm nach einer achtjährigen Versuchsphase, die erste Milchschokolade auf den Markt zu bringen.

Einige Jahre später entwickelte der Berner Rodolphe Lindt (1855–1909), ein Tüftler durch und durch, ein Veredlungsverfahren, das er «Conchieren» nannte und das bis heute angewendet wird. Das war die Geburtsstunde der Schmelz- oder Fondantschokolade. Als Lindt der Masse noch Kakaobutter beimischte, war das Produkt perfekt: Eine zartschmelzende Schokolade, die buchstäblich auf der Zunge verging.

In Frankfurt machten die Brüder De Giorgi mit ihren Schokoladenprodukten von sich reden. Ihre Naschereien fanden sogar an der Weltausstellung in Chicago anno 1883 begeisterte Käufer.

Die wohl berühmteste Schokolade, die dreieckige «Toblerone» aus dem damals noch jungen Hause Tobler in Bern (gegründet 1899), kam 1908 auf den Markt. Die «zackige» Milchschokolade wurde mit Honig- und Mandelnougat «veredelt».

Jules Séchaud aus Montreux am Genfersee gelang es 1913, die erste gefüllte Schokolade zu lancieren. Dank Innovation und immer besseren Produktionsmethoden war die Schweiz zu Beginn des 19. Jahrhunderts das Mekka für Schokolade. Zahlungskräftige Touristen aus aller Welt strömten in das Land, wo Milch und Honig floss. Die Größten der Branche waren François-Louis Cailler, Chocolats Peter & Kohler und Suchard. 1910 zählte die Schweiz schon 23 renommierte Schokoladenfabriken mit 5547 Beschäftigten.

3,3 Millionen Einwohner im Jahre 1900 waren für ein aufstrebendes Gewerbe ein zu kleiner Markt. Nur mit Exporten konnte die Existenz der Schokoladenindustrie auch längerfristig gesichert werden. Die kleine Schweiz avancierte zur Schokolade-Weltmacht. 1912 betrug der Marktanteil 55 %! 1918 wurden 22 000 Tonnen Schweizer Tafel-Schokolade konsumiert.

Nicht nur Tafeln, sondern auch Scherzartikel wie Pistolen entstanden aus gegossener Schokolade, wie ein Gedicht von 1840 zeigt:

*«Mit der Pistol',
liebst du mich nicht,
end ich mein junges Leben».
Was Jakob zu Susanne spricht,
sie hört es mit Erbeben.
Schon legt er an.
Sie jammert: «Gnade, Gnade!»
«Sei nur nicht ängstlich,
die Pistol' ist nur von Schokolade.»*

DAS KUNSTHANDWERK DER CHOCOLATIERS FEIERT RENAISSANCE AUF HÖCHSTEM NIVEAU

Rohstoff für verwöhnte Gaumen sind die edelsten Kakaosorten in auserlesener Qualität. Einfallsreiche Schokoladenkünstler kombinieren exotische Zutaten wie Safran, Ingwer oder frittierten Mais zu zart schmelzenden Kreationen.

ENRIC ROVIRA, SCHOKOLADENKÜNSTLER

Als heimliche Hauptstadt der Schokolade gilt die nordspanische Stadt Barcelona. Die katalanische Metropole hat in der Schokoladenproduktion eine lange Tradition. Anno 1780 entstand hier die erste Manufaktur für Tafelschokolade. Hier lebt und wirkt einer der kreativsten Chocolatiers: Enric Rovira, Jahrgang 1971, gilt als der Salvador Dali der Schokoladenkünstler. Wie der surrealistische Maler mit seinem legendären Schnurrbart kreiert auch Rovira «Traumbilder». Seine Schöpfungen umfassen verspielte Schokoladenhäuschen samt Vorgarten und Küken, die er erstmals zu Ostern 1986 präsentierte, über witzige Figuren und Skulpturen bis zu extravaganten Naschereien in avantgardistischem grafischem Design.

Legendär sind die «Bombolas» von Enric Rovira, eine spezielle Art von Pralinen. Dabei umhüllt er etwa rosa Pfefferkörner mit edelster dunkler Schokolade und dreht sie in Kakaopulver. Kandierte Veilchenblüten und Ingwer überzieht er mit schwarzer Kuvertüre. Die gerösteten Mandeln taucht er in Karamellcreme, versteckt sie in weißer Schokolade und bestäubt sie mit einem Hauch Puderzucker. Sonnenblumenkerne, Kakao- und Kaffeebohnen hüllt Enric Rovira in Gourmetschokolade. Füllungen für Trüffel aromatisiert er beispielsweise mit Safran, Vanille und Essig aus Jahrgangweinen. Oder er bestäubt seine Kreationen mit Pulver aus getrockneten Waldbeeren.

| BOMBOLAS DE CAFÉ DE KENIA | BOMBOLAS DE LIMÓN EFERVESCENTE | BOMBOLAS DE «CANSALADA» |

«Rajoles» sind für die Katalanen Schokoladentafeln und Bodenfliesen. Die Rajoles von Enric Rovira sind eine Kopie der Fliesenmuster, wie sie seit 1915 die Fußgängerwege in Barcelona bedecken. Edelste Schokolade schöpft er von Hand in Formen mit unterschiedlich großen Täfelchen, damit man ganz nach Lust und Laune ein größeres oder kleineres Stück abbrechen und genießen kann.

Ausgefallen sind auch Roviras «Virtuelle Pralinen»: Die (nicht essbaren) Kreationen enthalten Duftessenzen aus Kakao und Rosenblüten, Vanille, Kaffee oder Ingwer. Passend zu den exklusiven Produkten ist jeweils auch die extravagante Verpackung.

Kakaobohnen vom Feinsten sind unabdingbare Grundlage für qualitativ hochstehende Köstlichkeiten. Enric Rovira bezieht die Bohnen zum Beispiel von Plantagen in São Tomé und Principe, einer kleinen Inselgruppe im Golf von Guinea im Osten Afrikas mit 140 000 Einwohnern (2005). Sie wurde anno 1470 von den Portugiesen Pedro Escobar und João de Santarém entdeckt.

Von 1522 bis zur Unabhängigkeit im Jahre 1975 war die Inselgruppe mit vulkanischem Ursprung portugiesische Kolonie. Die fruchtbare Erde und das tropische Klima sind für die Kultur von Kakaobäumen wie geschaffen. Die ersten Plantagen entstanden denn auch bereits 1822 auf Principe, angelegt von Portugiesen mit Pflanzen aus Brasilien. Die Kakaobohnen wurden für die Inseln zum wichtigsten Handelsgut und Wirtschaftszweig. 1913 betrug der Export 36 500 Tonnen!

Die Briten boykottierten den florierenden Kakaohandel aus der portugiesischen Kolonie nach dem ersten Weltkrieg. 1973, kurz vor der Unabhängigkeitserklärung, lag der Export gerade noch bei 12 000 Tonnen Kakaobohnen. Die Plantagen wurden mehr und mehr vernachlässigt. In der Folge verwilderten sie. Die Produktion sank Ende des 20. Jahrhunderts auf rund 3000 Tonnen. Inzwischen erlebt der Kakaoanbau auf Principe eine Renaissance. Zu verdanken ist dies Claudio Corallo, einem gebürtigen Italiener. Der Agronom für tropische Nutzpflanzen lebte mit seiner Familie viele Jahre im afrikanischen Staat Zaïre im Stromgebiet des Kongo, wo er mit großem Idealismus Kaffeeplantagen aufbaute. Bürgerkriege und politische Unruhen zwangen ihn jedoch, das gefährlich gewordene Land zusammen mit seiner Frau und den drei kleinen Söhnen zu verlassen.

«RAJOLES»

Ein Idealist mit einem großen Herz ist Claudio Corallo geblieben. Enric Rovira traf ihn in Florenz an einer Schokoladenpräsentation. Beide verbindet eine verzehrende Leidenschaft für erstklassige Kakaobohnen und das Kunsthandwerk qualitativ hochstehender Produkte.
Enric Rovira besuchte die Plantagen von Claudio Corallo auf der Insel Principe. Seither ist er treuer Abnehmer der exzellenten Kakaobohnen, welche mit großer Sorgfalt geerntet, vergoren, getrocknet und geschält, in Säcke verpackt und nach Barcelona verschifft werden.

Weg vom Maßenprodukt – hin zum Gourmetgenuss: Diesem Credo haben sich auch andere Koryphäen unter den Chocolatiers verschrieben. Die meisten von ihnen besitzen ihre eigenen Kakaoplantagen oder sind Teilhaber. Denn die auf Rendite getrimmten, weitgehend maschinell betriebenen Plantagen haben sich auf rationell zu kultivierende Sorten von Forastero-Kakao spezialisiert. Der Ertrag wird unter großem Einsatz chemischer Pflanzenschutzmittel gesteigert. Die preisgünstigen Kakaobohnen sind selbstverständlich nicht nach dem Geschmack der großen Maestros unter den Chocolatiers. Schokolade soll bleiben, was sie eigentlich immer war: Eine göttliche Näscherei, mit allen Sinnen und mit Maß genossen.
Einige ehrgeizige Chocolatiers in Europa investieren ihre ganze Handwerkskunst und ihre Leidenschaft in die Kreationen von vollendetem Schokoladengenuss. Ihnen ist zu verdanken, dass fast ausgestorbene Sorten von Edelkakao, so genannter Criollo, mit ihren prägnanten Geschmacksnoten erneut angebaut werden.

Italienische Cioccolatierie genießen seit Ende des 18. Jahrhunderts Weltruf in der Schokoladenherstellung. Namhafte Pioniere wie der Schweizer François-Louis Cailler (1796–1852) hatten das süße Handwerk ursprünglich in Italien gelernt. Eines der noch heute führenden Unternehmen mit bestem Renommee ist Venchi. 1878 von Silvano Venchi in Turin gegründet, liefert die Schokoladenmanufaktur ihre exquisiten Produkte heute in praktisch alle Länder rund um den Globus.
Lust auf eine luxuriöse Zigarre? Die «Cuba» von Venchi schmeckt auch Nichtrauchern! Feinherbe Bitterschokolade umhüllt eine leckere Füllung aus Milchschokolade mit piemontesischen Haselnusssplittern. Die Praline in Zigarrenform wird seit 1966 hergestellt. Sie ist eine Hommage an eine Firma mit der Abkürzung «CUBA», mit der Venchi fusioniert hatte.

CLAUDIO CORALLO BEI DER QUALITÄTSKONTROLLE

Eine Augen- und Gaumenfreude sind auch die «längsten Pralinen»: Venchi taucht kandierte sonnengereifte Orangen- oder Zitronenschalen zur Hälfte in zart schmelzende schwarze Schokolade. Legendär ist ebenfalls seine Gianduja. Kein Wunder: Die besten Haselnüsse gedeihen im Piemont, der rustikalen Landschaft im Nordwesten Italiens, also praktisch vor der Haustüre des Unternehmens. Ein typisch regionales Produkt sind denn auch die «Nougatine», kleine Leckerbissen mit gerösteten, gebrochenen Haselnüssen, umhüllt von schwarzer Schokolade.
Fachmännisch geröstet sind piemontesische Haselnüsse Genuss pur. Venchi verarbeitet sie als Splitter in seine Spezialitäten oder man findet ganze Nüsse in Schokoladentafeln und -stängeln.
Apropos Tafelschokolade: Bei Venchi wird die flüssige Kakaomasse von Hand in die Formen geschöpft. Dieses ursprüngliche Verfahren ermöglicht die Verarbeitung außergewöhnlich cremiger Füllungen, etwa mit Rahm, weißer Gianduja, Edelkastanien (Maronen) oder karamellisierten Waffeln.
Die italienischen Cioccolatierie lassen sich gerne immer wieder von neuen wunderbaren Aromen inspirieren. So parfümieren sie Füllungen mit Absinth, karibischem Rum, Minze, Vanille oder Chilipfeffer und gießen sie mit unterschiedlich duftender Kakaomasse zu kleinen Schokoladetafeln.

Kakao der edelsten Provenienzen unterscheidet sich im Geschmack wie Weine der Spitzenklasse. Einen Einfluss auf Qualität und Aroma haben Klima, Bodenbeschaffenheit, Sorte und nicht zuletzt die Veredelung der Kakaobohnen. Venchi-Produkte sind Natur pur: Keine Konservierungsstoffe, keine künstlichen Aromen, keine hydrogenen Fette. Kürzlich hat das namhafte Unternehmen sogar delikate glutenfreie Naschereien und solche ohne Zucker lanciert.

Mit dem Schokoladenkaviar hat Venchi die Gourmets einmal mehr überrascht: «Chocaviar» sind kleine glänzende Perlen aus Edelkakao, in Form und Farbe dem echten Kaviar zum Verwechseln ähnlich. Selbst die Verpackung ist dem Original nachempfunden: transparente Glasdosen mit Schraubdeckel aus Metall. Die winzige Dosis Schokolade zergeht langsam auf der Zunge und gibt die unvergleichlichen Aromen veredelter Kakaobohnen frei.

Wer lieber den Mund voll nimmt, der kommt an den himmlischen Pralinen und Trüffeln nicht vorbei. Die kleinen Leckerbissen aus dem Haus Venchi heißen unter anderem «Giandujotto» und werden nach einem alten, historischen Rezept hergestellt. «Dubledo» sind Pralinen mit weißer Gianduja und cremiger Rahmfüllung. Ein wahrer Schmelztiegel von exquisitem Geschmack sind die «Cubigusto», quadratische Pralinen in drei Etagen aus feinherbem Edelbitter, zarter Milchschokolade und weißer Gianduja.

CHOCAVIAR

TAFELSCHOKOLADE WIRD VON HAND IN DIE FORMEN GESCHÖPFT

GIANDUJA ODER TARTUFI DOLCI – TRÜFFELN AUS MEISTERHAND

Kugelig runde Haselnüsse gehen mit bester dunkler, subtil bitterer Schokolade eine Verbindung ein und wandeln sich zu einer Gianduja, die weiter verarbeitet wird zu Tartufi dolci – den süßen Trüffeln.

Signore Rossi von der Manufaktur Antica Torroneria Piemontese in Sinio d'Alba bereitet die Tartufi mit seinen 15 Angestellten nach dem Rezept seiner Vorfahren zu. Hier gibt es selbstverständlich auch weiße Torroneblöcke, aber weil sie nur ab und zu mit Schokolade umhüllt werden, wenden wir uns den Tartufi zu. Sie sind unwiderstehlich gut – ein Gedicht. Ihre Einzigartigkeit verdanken sie besten Rohstoffen, der Verarbeitung von Hand in kleinen Mengen und – genauso wichtig – der hohen Aufmerksamkeit in der Produktion.
Die Liebe zu seinen Produkten ist spürbar, wenn Signor Rossi zu erzählen beginnt. Er kennt die Bauern, die ihm seine Haselnüsse liefern. Und er kennt auch den Produzenten der Kakaobohnen, welche in Belgien zu bester edelbitterer Schokolade verarbeitet werden, um danach in seiner Manufaktur im Piemont zu landen.
Als erstes werden die Nüsse geröstet. Eine zu diesem Zweck umfunktionierte Kaffeeröstmaschine aus der Zeit der manuellen Kaffeerösterei nimmt 100 kg Haselnüsse auf und röstet sie unter ständiger Zufuhr von warmer Luft 45 Minuten. Der Röster hat jedes Mal individuell zu entscheiden, ob die Hitze etwas erhöht oder reduziert werden muss und wann die Nüsse optimal geröstet sind. Augen, Nase und Geschmackssinn helfen ihm, den richtigen Zeitpunkt zu erwischen. Je nach Standort, Witterungsverhältnissen, Ernte- und Lagerbedingungen sind die Nüsse anders, was sich vor allem im unterschiedlichen Röstverhalten zeigt. Gleichzeitig wird auch die Schokolade für den Teig vorbereitet. Die Schokolade besteht zu 50 % aus Kakao.
Ein Teil der Nüsse wird fein gerieben, der andere grob gehackt.
Geriebene Nüsse, geschmolzene Schokolade und pudriger Rohrohrzucker werden in einer Zentrifuge zu einem kompakten Teig verarbeitet – jeweils 60 kg aufs Mal, und dies zehn Mal täglich. Die Zentrifuge dreht sich zuerst langsam, dann immer schneller. Der Teig wird nicht sich selbst überlassen – Temperatur und Beschaffenheit werden laufend überprüft. Die Teigmasse darf nun im Ruhezustand abkühlen, bevor die grob gehackten Nüsse eingearbeitet werden. Die Masse ruht ein zweites Mal, bevor sie in tartufigroße Einheiten portioniert und diese im bitteren Kakaopulver gewendet werden. Der Mix von süß schmelzender Füllung und herber Umhüllung machen den Reiz der Tartufi aus. In ein Papierchen eingehüllt und in eine hübsche Cellophantüte verpackt, treten die Tartufi dolci den Weg in die weite Welt an.

DARAUS WERDEN TARTUFI DOLCI

SCHOKOLADE IST REINE MAGIE. SIE BRINGT KINDERTRÄNEN ZUM VERSIEGEN UND ERWACHSENE INS SCHWÄRMEN.

Kein Wunder: Kakaobohnen enthalten nicht nur schmerzlindernde Substanzen, sondern auch solche, die als Glückshormone bekannt sind. Für die Azteken war «Xocolatl» ein Aphrodisiakum. Und bis ins 18. Jahrhundert gab es kaum einen Arzt, der nicht ein Loblied auf die Schokolade anstimmte und sie bei allerlei gesundheitlichen Unpässlichkeiten empfahl. Doch viel Ruhm und Ehre ruft Neider auf den Plan.

Madame d'Aulnoy mokierte sich in ihrem Reisebericht von der Iberischen Halbinsel im Jahre 1679: «Es ist nicht verwunderlich, wenn die Spanierinnen mager sind, denn es gibt nichts Heißeres als die Schokolade, welche sie in einem großen Übermaß trinken. Zusätzlich überladen sie die Schokolade mit Pfeffer und weiteren Gewürzen, so viel sie nur können, womit sie sich verbrennen.»

Schokolade hielt auch die Kirche auf Trab. Erstens frönte die Oberschicht der Unsitte, indem sie sich während des Gottesdienstes von der Dienerschaft heiße Kakaogetränke servieren ließ. Im 17. Jahrhundert bezahlte der gestrenge Bischof Bernardo de Salazar in Mexiko ein entsprechendes Verbot mit dem Tod: In seine morgendliche Schokolade war heimlich Gift geschüttet worden.

Zweitens rumorte es in Rom während fast hundert Jahren rund um die Schokolade im Zusammenhang mit der Fastenfrage. Papst Pius V. fand Kakao schlicht abscheulich und erklärte 1569: «Dieses Getränk bricht das Fasten nicht!» Roms hohe Geistlichkeit nahm's wörtlich und sprach dem nahrhaften und sättigenden Trunk rege und immer mehr zu. Damit bekam die Fastenfrage erneut hohe Aktualität. Kardinal Brancaccio löste die hitzige Diskussion im Jahre 1662 mit dem salomonischen Urteil: Liquidum non frangit jejunum – Flüssiges bricht das Fasten nicht. Mit dem Genuss von Ess-Schokolade musste man aber bis Ostern warten.

Das beliebte Genussmittel, das weder berauschend wirkt noch abhängig macht, kennt bis heute Miesepeter und Mahner. Als vor wenigen Jahren die erste Bio-Schokolade in Naturkostläden Einzug hielt, wurde sie

verschämt unter dem Ladentisch gehandelt. Denn was so süß ist und zudem Spaß und Freude macht, kann doch unmöglich gesund sein …

Nichts hält sich hartnäckiger als Vorurteile: Schokolade macht dick, sie schadet den Zähnen und kann Auslöser von Akne und Allergien sein. Zudem begünstigt sie Verstopfung, sie kann eine Migräne auslösen und den Cholesterinspiegel erhöhen. Alles falsch!

▪ Dickmacher
Ein Sechstel einer Tafel Milchschokolade liefert ungefähr gleich viele Kalorien wie ein Apfel oder eine Scheibe Vollkornbrot. 100 Gramm Milchschokolade enthalten ein großes Glas Milch – aber auch den Energiewert von sieben Scheiben Brot. Halten wir es wie Goethe: Maß ist zu allen Dingen gut!

▪ Zahnmörder?
Das im Kakao enthaltene Tannin verlangsamt die Aktivität von Mundbakterien. Spuren von Oxalsäure verhindern die Säureproduktion. Milchproteine wirken der Bildung von Plaque entgegen. Kalzium und Phosphor unterstützen die Mineralisation der Zähne. Spielverderber ist der Zucker. Also Zähne putzen!

▪ Allergien
Eine Überreaktion auf Kakao ist nicht bekannt. Aber aufgepasst mit Nüssen! Bereits kleinste Mengen in der Schokolade können bei entsprechender Veranlagung eine Allergie auslösen.

▪ Verstopfung
Mangelnde Bewegung und zu wenig Ballaststoffe in der täglichen Ernährung sind die Übeltäter – aber kaum mit Maß genossene Schokolade!

▪ Kopfschmerzen
Untersuchungen von Migränepatienten ergaben, dass lediglich bei jedem sechsten Schokolade im Spiel war – aber nicht ausschließlich.

▪ Cholesterin
Wichtiger Bestandteil von Kakaobutter ist Stearinsäure. Im Gegensatz zu den anderen gesättigten Fettsäuren hat sie keinen Einfluss auf den Cholesterinspiegel.

> *«Kein zweites Mal hat die Natur eine solche Fülle von wertvollen Nährstoffen auf einem so kleinen Raum wie in der Kakaobohne vereint.»*
>
> ALEXANDER VON HUMBOLDT
> (1769 – 1859), NATURFORSCHER

KAKAO- UND SCHOKOLADENPRODUKTE

Schwarze Schokolade besteht aus Kakaomasse, Kakaobutter, Zucker und Vanille oder Vanillin. Die dunkle Variante, die Zartbitter-Schokolade, liegt voll im Trend und findet immer mehr Liebhaber. **Milchschokolade** besteht aus Kakaomasse, Kakaobutter, Zucker und Milchpulver. Erfinder ist der Schweizer Schokoladenpionier Daniel Peter (1875 in Vevey). **Weiße Schokolade** besteht aus heller Kakaobutter, dem edlen und wertvollen Fett aus der Kakaomasse, sowie Zucker, Milchpulver und Vanille oder Vanillin. Schmeckt sehr süß! **Kakaopulver** ist gemahlener, gesiebter Kakaokuchen, der beim Abpressen der Kakaobutter aus der Kakaomasse anfällt. Je nach Pressung ist der Fettanteil 10 bis 20 Prozent. Kakaopulver ist kräftig aromatisch im Geschmack, es ist ungezuckert oder gezuckert erhältlich. **Kakaopuder** ist feiner gemahlen als Kakaopulver. **Schokoladenpulver** entsteht durch Mahlen von fester Schokolade mit geringem Kakaobutteranteil. Wenn das Pulver mit dampferhitzter Milch aufgegossen wird, erhält man die berühmte heiße Schokolade mit Schäumchen. **Schokoladenwürfel** sind Stückchen aus Schokolade mit hohem Schmelzpunkt. Sie eignen sich speziell zum Backen von Torten, Kuchen, Cakes und Gebäck. Es gibt sie auch in Form von Drops (Tropfen) oder Chips. **Kuvertüre** hat einen höheren Fettanteil als Tafelschokolade. Im Handel erhältlich sind weiße und dunkle Kuvertüre sowie Milchkuvertüre. Das Halbfabrikat wird vor allem in Confiserien/Bäckereien verwendet, z. B. für die Herstellung von Pralinen, Tortenfüllungen und Tortenüberzügen, Biskuits usw.

Schokoladenglasur ist eine sehr sämige Masse, die als Überzug für Kuchen/Torten verwendet wird. Der hohe Gehalt an Kakaobutter erleichtert die Verarbeitung und gibt dem Gebäck einen edlen Glanz. **Schokoladenraspel** sind auf der berühmten Schwarzwäldertorte genauso unverzichtbar wie als Dekoration von Desserts, Eisspeisen usw. **Schokoladenstreusel** eignen sich als Garnitur von Torten, Gebäck, Desserts, Eis und vielem mehr.

SCHOKOLADENRASPEL

SCHOKOLADENDROPS

PRAXIS

TEMPERIEREN

Für glänzende Überzüge und schöne Garnituren wird temperierte Schokolade benötigt, die auch im ausgekühlten Zustand den schönen Glanz behält und keine «Blumen» (weiße Verfärbungen) bildet.

Allgemein sollte Schokolade nicht zu hoch erhitzt werden. Je nach Zusammensetzung sind zwar bis zu 58 °C möglich, doch man sollte sie besser nicht über 40 °C erhitzen.

Zum Temperieren muss die geschmolzene Schokolade in zwei weiteren Arbeitsgängen abgekühlt und nochmals erwärmt werden. Im Privathaushalt macht man das am besten mit der sogenannten Impfmethode. Man schmilzt nur etwa die Hälfte der Schokolade. Die andere Hälfte wird auf einer Raspel/Raffel fein gerieben und nach und nach unter die geschmolzene Schokolade gerührt, bis die Temperatur von knapp unter 30 °C erreicht und die Masse homogen ist. Anschließend wird die Schokolade im warmen Wasserbad unter Rühren wieder auf 30–32 °C erwärmt. Nun ist sie bereit für die Verarbeitung.

Wer eine Marmorplatte besitzt, kann auch die von Profis bevorzugte Tabelliermethode ausprobieren. Dazu werden ⅔ der geschmolzenen Schokolade auf eine Marmorplatte gegossen und mit einem Spachtel zum Abkühlen hin und her bewegt. Die leicht erstarrte Schokolade wird dann wieder unter die flüssige Schokolade gerührt und erneut auf 30–32 °C erwärmt.

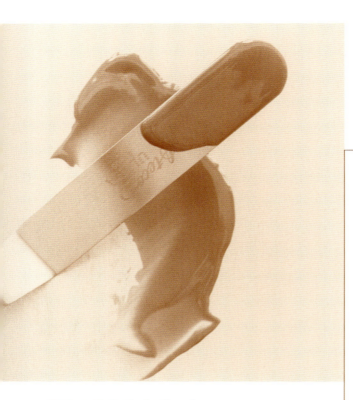

GLASUREN

Für einen perfekten Überzug sollte die Glasur handwarm sein. Ich persönlich bevorzuge die Rahm-Schokoladenglasur, auch Ganache genannt. Doch auch die beiden anderen Glasuren haben ihre Vorzüge: Die Butter-Schokoladenglasur hat einen wunderschönen Glanz. Die Öl-Schokoladenglasur eignet sich sehr gut zum Überziehen von Gefrorenem wie Eis am Stiel oder Eisbomben.

Rahm-Schokoladenglasur (Ganache)

1 dl/100 ml Rahm/Sahne
200 g Schokolade oder Kuvertüre, grob gehackt

1 Den Rahm aufkochen, Pfanne von der Wärmequelle nehmen. Grob gehackte Schokolade zugeben, unter Rühren schmelzen und etwas abkühlen lassen.

2 Die Glasur kann man bei Zimmertemperatur auch vollständig auskühlen lassen, anschließend mit dem Handrührgerät (mit dem Schneebesen) luftig aufschlagen. Mit kleinem Metallspachtel oder Messer auftragen. So bekommt der luftig-matte Überzug eine schöne Struktur.

Glänzende Butter-Schokoladenglasur

100 g Butter
200 g Schokolade oder Kuvertüre, fein gerieben

1 Butter in einer Pfanne schmelzen, von der Wärmequelle nehmen. Schokolade zugeben und unter Rühren schmelzen.

2 Glasur ein wenig abkühlen lassen, erst dann verarbeiten.

Öl-Schokoladenglasur

200 g Schokolade oder Kuvertüre, fein gehackt
4 EL/60 ml Erdnussöl

1 Schokolade mit dem Erdnussöl im heißen Wasserbad schmelzen.

2 Glasur ein wenig abkühlen lassen, erst dann verarbeiten.

SCHMELZARTEN

In Profi-Schokoladenküchen wird die Schokolade in einem wärmegesteuerten Gerät in einem Arbeitsgang geschmolzen und temperiert. Für die meisten Rezepte in diesem Buch reicht geschmolzene Schokolade. Eine Ausnahme bilden Garnituren, für die wir temperierte Schokolade benötigen.

Für das Schmelzen von Schokolade müssen alle Werkzeuge absolut trocken sein. Während und nach dem Schmelzen die Schüssel keinesfalls zudecken, denn eventuell entstehendes Kondenswasser könnte hineintropfen und die Konsistenz ungünstig verändern.

Die sicherste Methode ist das Schmelzen im heißen Wasserbad. Dazu Wasser in einem mittelgroßen Topf erhitzen (nicht kochen), den Topf von der Wärmequelle nehmen. Eine passende dünnwandige Chromstahlschüssel, deren Boden das Wasser nur knapp berührt, auf den Topf stellen. Schokolade grob hacken, in die Schüssel geben und unter gelegentlichem Rühren schmelzen.

Am schnellsten geht das Schmelzen im Mikrowellenofen. Allerdings muss die Schokolade etwa alle 10 Sekunden auf den Schmelzgrad überprüft werden. Bei Überhitzung bilden sich rasch verbrannte Stellen.

LOCKEN, RASPEL, RÖLLCHEN, FÄCHER

Schoko-Garnituren eignen sich zum Dekorieren von einfachen und aufwändigen Kuchen und Desserts. In den Rezepten haben wir keine Kuvertüre verwendet, aber hier drängt sie sich geradezu auf. Weil Kuvertüre viel Kakaofett enthält, ist sie weicher als Schokolade, sie hat zudem einen natürlichen seidigen Glanz. Selbstverständlich kann auch normale Schokolade verwendet werden.

Schnelle Locken
Mit dem Sparschäler von zimmerwarmer Kuvertüre oder Schokolade kleine Locken abziehen.

Grobe Locken
Ein kleines rechteckiges Gefäß, z. B. eine Cakeform, mit Backpapier auslegen. Unter die temperierte Kuvertüre/Schokolade (100 g) 1 TL Erdnussöl rühren, 4 cm hoch einfüllen und bei Zimmertemperatur auskühlen lassen. Aus der Form stürzen und mit dem Sparschäler Locken abziehen.

Feine Raspel
Für besonders feine Raspel die zimmerwarme Schokolade auf der Röstiraffel reiben.

Röllchen und Fächerfalten
Unter die temperierte Kuvertüre/Schokolade (100 g) 1 TL Erdnussöl rühren. Auf eine Marmorplatte gießen, mit einem Metallspachtel dünn verstreichen, die Masse erstarren lassen. Anschließend mit der Handfläche matt «polieren», um Risse zu vermeiden. Mit einem Metallspachtel Röllchen oder Fächerfalten abschaben. Dies muss zügig geschehen, bevor die Schokolade zu fest ist.

BLÄTTER

Schokoladenblätter geben den süßen Verführungen einen exklusiven Touch. Sie sind relativ einfach herzustellen. Etwas Fingerspitzengefühl braucht es beim Abziehen der Blätter.

Für die Herstellung kann Schokolade oder Kuvertüre verwendet werden. Am besten gelingen sie jedoch mit gekaufter Schokoladen-Kuchenglasur.

Schokoladen-Kuchenglasur nach Packungsbeschrieb erwärmen oder die Schokolade/Kuvertüre temperieren.

Frische, glatte Blätter, beispielsweise Rosen- oder Kirschblätter, mit der flüssigen Kuchenglasur oder der temperierten Schokolade mit einem feinen Pinsel einseitig dünn bepinseln, trocknen lassen, dann im Tiefkühler einige Minuten fest werden lassen.

Grüne Blätter vorsichtig abziehen. Die Schokoladenblätter bis zur Verwendung in einer gut schließenden Dose im Tiefkühler aufbewahren.

REZEPTE

für eine Springform von 26 cm Durchmesser

Boden
16 Zwieback
200 g Schokolade-Nussnougat-Aufstrich
wenig Bittermandelessenz

Quarkmasse
100 g Rosinen
wenig Rum
3 TL feines Agar-Agar-Pulver (Reformhaus/Bioladen)
3 Blondorangen, Saft
1 kg Magerquark
1 Limette, Saft
2 Msp Bourbon-Vanille
8–9 EL Agavensirup
½ l Rahm/Sahne, steif geschlagen

URSIS LEGENDÄRE UNGEBACKENE QUARK-RAHM-TORTE

Dieses Rezept ist ein Familien-Klassiker und darf bei keiner Zusammenkunft fehlen. Meine Mutter Ursi bereitet ihre zauberhaft leichte Kreation seit meiner Kindheit zu. Wir alle verbinden mit dieser Torte die allerschönsten Erinnerungen.

1 Rosinen am Vortag in Rum einweichen.

2 Den Boden der Springform mit einer Rondelle aus Backpapier belegen.

3 Den Zwieback in einen Plastikbeutel legen, mit dem Teigholz zu feinen Bröseln zerstoßen.

4 Schokolade-Nussnougat-Aufstrich bei schwacher Hitze unter Rühren erwärmen, Zwiebackbrösel und Bittermandelaroma unterrühren. Masse auf dem Boden der Springform gleichmäßig verteilen und andrücken.

5 Agar-Agar mit dem Orangensaft unter Rühren aufkochen, von der Wärmequelle nehmen, wenig abkühlen lassen. Quark nach und nach unterrühren. Limettensaft und Vanille unterrühren, süßen mit Agavensirup. Schlagrahm unterziehen.

6 Die Quark-Rahm-Masse in die Form füllen und glattstreichen. Mindestens 4 Stunden kühl stellen.

Varianten
Den Ring der Springform auf eine Tortenplatte legen, das Zwieback-Schokoladen-Gemisch vorsichtig darauf andrücken. Die Quarkmasse mit Zucker süßen. Für eine kleine Springform von 20 cm Durchmesser reicht die halbe Rezeptmenge.

REZEPTE KUCHEN UND TORTEN

WIENER SACHERTORTE

für eine Springform von 18 cm Durchmesser

1 EL weiche Butter für die Form

Biskuit
200 g Zartbitter-Schokolade, zerbrochen
150 g weiche Butter
150 g Zucker
6 Freilandeier
150 g Weißmehl/Mehl Type 405

Füllung
100 g Aprikosenkonfitüre

Glasur
2 dl/200 ml Rahm/Sahne
200 g Zartbitter-Schokolade, zerbrochen
Zuckerperlen

1. Den Boden der Springform mit einer Rondelle aus Backpapier belegen. Den Rand der Form mit Butter einstreichen.
2. Den Backofen auf 160 °C vorheizen.
3. Die Schokolade für die Torte in eine Schüssel geben, über dem kochenden Wasserbad schmelzen.
4. Die Butter mit der Hälfte des Zuckers zu einer luftigen, cremigen Masse aufschlagen. Eier trennen, die Eigelbe unter die Buttermasse schlagen. Die flüssige Schokolade unterrühren. Das Eiweiß steif schlagen, den restlichen Zucker langsam einrieseln lassen, weiterschlagen, bis der Eischnee fest und glänzend ist. Eischnee und Mehl portionsweise und abwechselnd unter die Schokomasse heben. Teig in die vorbereitete Springform füllen, glattstreichen.
5. Die Form auf mittlerer Schiene in den vorgeheizten Ofen schieben, das Biskuit bei 160 °C rund 60 Minuten backen. Backprobe: Holzspießchen in die Torte stechen. Wenn es trocken und sauber bleibt, ist die Torte fertig gebacken. Biskuit etwa 10 Minuten in der Form abkühlen lassen, nachher auf ein Kuchengitter stürzen und auskühlen lassen.
6. Das Biskuit stürzen. Um es perfekt durchschneiden zu können, den Rand auf halber Höhe rundum leicht einschneiden. Nun eine Küchenschnur oder einen kräftigen Nähfaden in den Einschnitt legen und langsam zuziehen. Den Biskuitdeckel vorsichtig auf ein großes Kuchenblech gleiten lassen.
7. Für die Füllung die Aprikosenkonfitüre durch ein feines Sieb streichen. Auf dem Biskuitboden verstreichen. Die Torte wieder zusammensetzen.
8. Für die Glasur den Rahm aufkochen, Pfanne von der Wärmequelle nehmen. Die Schokolade zugeben, schmelzen lassen. Schokoladenglasur auf die Torte gießen, durch Bewegen gleichmäßig über den Rand laufen lassen. Nicht glattstreichen. Am Tortenrand die Glasur mit einem Messer ausgleichen. Mit Zuckerperlen garnieren.

REZEPTE KUCHEN UND TORTEN

TRÜFFELTORTE

für eine Springform von 20 cm Durchmesser

1 EL weiche Butter
für die Form

Schoko-Biskuitboden
100 g weiche Butter
100 g Vollrohrzucker oder weißer Zucker
2 Freilandeier, verquirlt
150 g Weißmehl/Mehl Type 405
2 TL phosphatfreies Backpulver
3 EL Kakaopuder
50 g geriebene Haselnüsse
½ TL Lebkuchengewürz oder Zimtpulver

Trüffelbelag
2 dl/200 ml Rahm/Sahne
400 g Zartbitter-Schokolade, grob zerbrochen
3 EL Rum
100 g Petit-Beurre/Butterkekse oder Vollkornbiskuits/-kekse

1. Den Boden der Springform mit einer Rondelle aus Backpapier belegen. Den Rand mit Butter einfetten.
2. Den Backofen auf 170 °C vorheizen.
3. Butter und Zucker zu einer luftigen, cremigen Masse aufschlagen. Die Eier nach und nach unterrühren. Mehl, Backpulver, Kakaopuder, Haselnüsse sowie Lebkuchengewürz mischen und zur Buttermasse geben, einen glatten Teig rühren. Teig in die Springform füllen und glattstreichen.
4. Die Form in der Mitte in den vorgeheizten Ofen schieben, Biskuit bei 170 °C etwa 25 Minuten backen, herausnehmen, in der Form auskühlen lassen.
5. Für den Trüffelbelag Rahm aufkochen, Pfanne von der Wärmequelle nehmen. Die Zartbitter-Schokolade mit dem Rum zugeben, unter Rühren schmelzen, abkühlen lassen. Petit-Beurre in einen Plastikbeutel legen, mit dem Teigholz zu Bröseln zerstoßen. Die Schokolademasse mit dem Schneebesen des Handrührgerätes auf höchster Stufe luftig aufschlagen, Petit-Beurre-Brösel untermischen, auf den Biskuitboden geben und glattstreichen. Bis zum Servieren kühl stellen.

Tipps

Besonders festlich sieht die Torte aus, wenn sie mit Blattgold (24 Karat, essbar) überzogen wird. Sie kann aber auch einfach mit Kakaopuder bestäubt werden. Als Dekoration eignen sich ebenfalls in flüssiger Schokolade getauchte Früchte oder Beeren, z. B. Erdbeeren, Physalis.

für 12 Muffins

Butter für die Förmchen

250 g Weißmehl/ Mehl Type 405
150 g Zucker
1 Briefchen Bourbon-Vanillezucker

1 EL phosphatfreies Backpulver
4 EL Kakaopuder
1 Freilandei
6 EL/90 ml Sonnenblumenöl
2 dl/200 ml Milch
200 g Himbeeren, frisch oder tiefgekühlt (nicht aufgetaut)

wenig Kakaopuder zum Bestäuben

weiche Butter oder Papier-Backförmchen für das Muffinblech

SCHOKOLADEN-HIMBEER-MUFFINS

1. Backofen auf 180 °C vorheizen. Die Muffinblech-Vertiefungen ausbuttern oder Papier-Backförmchen hineinlegen.
2. Mehl, Zucker, Vanillezucker, Backpulver und Kakaopuder in einer Schüssel mischen.
3. Ei, Sonnenblumenöl und Milch in einer zweiten Schüssel gut verrühren, mit den Himbeeren zu den trockenen Zutaten geben, vorsichtig zu einem glatten Teig mischen.
4. Den Teig bis auf ¾ Höhe in die Blechvertiefungen füllen. In der Mitte in den Ofen schieben und bei 180 °C 25 bis 30 Minuten backen. Herausnehmen, ein wenig auskühlen lassen, nach Belieben mit Kakaopuder bestäuben.

Tipps

Die Muffins schmecken lauwarm am besten. Aber auch ausgekühlt sind sie nicht zu verachten.
Sie sind übrigens ein hervorragender Reiseproviant; sie bleiben dank der Beeren lange Zeit feucht.
Als Ersatz für die Himbeeren eignen sich Brombeeren, Heidelbeeren/Blaubeeren, Walderdbeeren, rote Johannisbeeren oder Fruchtstückchen von Ananas, Birne, Apfel, Aprikose. Die Muffins mit einer Himbeersauce (Himbeeren pürieren, durch ein Chromstahlsieb streichen, nach Belieben süßen) und mit wenig Himbeereis als Dessert servieren.

Zucker für das Tuch

Schokoladenbiskuit
4 Freilandeier
80 g Zucker
5 EL warmes Wasser
100 g Weißmehl/
Mehl Type 405
3 EL Kakaopuder

Orangenfüllung
1 TL feines Agar-Agar-
Pulver (Reformhaus/
Bioladen)
4 EL Orangensaft
1 EL Orangenlikör,
z. B. Grand Marnier,
nach Belieben
150 g Orangenmarmelade
200 g Cottage Cheese
2 ½ dl/250 ml Rahm/Sahne,
steif geschlagen

SCHOKOBISKUITROULADE MIT ORANGENFÜLLUNG

1. Backofen auf 200 °C vorheizen. Den Rücken eines rechteckigen Backbleches mit Backpapier belegen. Ein Geschirrtuch mit Zucker bestreuen.

2. Eier trennen. Eigelbe, Zucker und Wasser zu einer luftigen, cremigen Masse aufschlagen. Eiweiß steif schlagen, unter die Eigelbmasse ziehen. Mehl und Kakaopuder mischen und zur Eiermasse sieben, vorsichtig miteinander mischen. Biskuitteig gleichmäßig auf dem Backpapier verstreichen.

3. Das Blech auf mittlerer Schiene in den Backofen schieben und das Biskuit bei 200 °C etwa 10 Minuten backen. Sofort auf das vorbereitete Geschirrtuch stürzen, das Backpapier abziehen. Biskuit mit Hilfe des Geschirrtuchs einrollen.

4. Agar-Agar-Pulver und Orangensaft unter Rühren aufkochen, die Pfanne von der Wärmequelle nehmen. Orangenlikör und Orangenmarmelade zugeben, gut verrühren. Zuerst Cottage Cheese, dann Schlagrahm vorsichtig unterheben.

5. Das Biskuit vorsichtig ausrollen, das heißt flachlegen. Die Füllung darauf verteilen, Biskuit satt aufrollen. Mindestens 4 Stunden kühl stellen.

Tipp
Dazu passt ausgezeichnet ein Orangensalat mit klein geschnittenen Datteln und Feigen sowie gehackten Nüssen.

REZEPTE KUCHEN UND TORTEN

*für eine Stollenform
von 40 cm Länge*

weiche Butter für die Form

Hefeteig
350 g Weißmehl/
Mehl Type 405
30 g Kakaopuder
2 TL Kardamompulver
½ l Korianderpulver
1 Prise frisch geriebene
Muskatnuss
¼ TL Gewürznelkenpulver
¼ TL Pimentpulver
½ TL Sternanispulver
3 TL Zimtpulver
1 Hefewürfel, ca. 40 g
80 g Vollrohrzucker
1 dl/100 ml Milch
1 Prise Meersalz
1 Briefchen Bourbon-
Vanillezucker
200 g weiche Butter
75 g Mandelstifte

Füllung
je 60 g getrocknete Ananas,
Mangos, Papayas
je 100 g Orangeat und
Zitronat
1 dl/100 ml Rum

nach dem Backen
80 g flüssige Butter
100 g Puderzucker

EXOTISCHER SCHOKOLADEN-GEWÜRZ-STOLLEN

1. Mehl, Kakao und Gewürze in die Teigschüssel sieben, eine Vertiefung drücken. Hefe, 1 EL Zucker und 3 EL Milch in die Vertiefung geben, mit ein wenig Mehl zu einem Teiglein rühren. Die Schüssel mit einem feuchten Tuch bedecken, den Vorteig etwa 20 Minuten gehen lassen.

2. Getrocknete Früchte, Orangeat und Zitronat sehr fein hacken. In einer Schüssel mit dem Rum übergießen, zugedeckt ziehen lassen.

3. Restliche Milch, Zucker, Vanillezucker, Salz und Butter zum Vorteig geben, zu einem glatten Teig verarbeiten, etwa 5 Minuten kräftig kneten. Mandelstifte in den Teig einarbeiten, zurück in die Schüssel legen. Schüssel mit dem feuchten Tuch zudecken. Teig bei Zimmertemperatur auf das doppelte Volumen aufgehen lassen; das dauert etwa 60 Minuten. Den Hefeteig gut durchkneten, weitere 45 Minuten gehen lassen.

4. Die Stollenform gut einbuttern. Hefeteig auf wenig Mehl zu einem Rechteck von 40 cm x 35 cm ausrollen, mit der Füllung bestreichen, Teig satt aufrollen, in die vorbereitete Backform legen. Die Form mit der Öffnung nach unten auf ein mit Backpapier belegtes Blech stürzen, den Teig gehen lassen, bis die Form fast ausgefüllt ist. Dies lässt sich durch die Löcher in der Form leicht feststellen.

5. Den Backofen auf 200 °C vorheizen.

6. Den Stollen in der Mitte in den vorgeheizten Ofen schieben und bei 200 °C 60 bis 90 Minuten goldbraun backen. Noch heiß mit der zerlassenen Butter bepinseln und dick mit Puderzucker bestreuen.

Tipp
Man braucht nicht unbedingt eine Stollenform. Man kann der Teigrolle auch einfach von Hand die entsprechende Form geben.

für eine Porzellan-Souffleeform oder eine Glasschüssel von 2 l Inhalt

2 EL weiche Butter
für die Form
2 EL geriebene Mandeln
für die Form

Schokoladentorte
150 g temperierte,
flüssige Butter
150 g Akazienblütenhonig
3 Freilandeier
200 g Weißmehl/
Mehl Type 405
1 Briefchen phosphatfreies
Backpulver

50 g Kakaopulver
50 g geriebene Mandeln
1 TL Zimtpulver

Guss
½ dl/50 ml Rahm/Sahne
100 g Zartbitter-Schokolade,
grob gehackt

DIE 10-MINUTEN-SCHOKOLADEN-TORTE AUS DER MIKROWELLE

1. Die Form gut mit Butter einfetten, die geriebenen Mandeln einstreuen.

2. Alle Zutaten für den Teig gut verrühren, in die Form gießen. Die Torte im Mikrowellenofen bei voller Leistung 5 Minuten backen. Backprobe: ein Holzspießchen in die Torte stechen. Wenn das Spießchen trocken und sauber bleibt, ist die Torte fertig gebacken. In der Form abkühlen lassen, dann auf eine Tortenplatte stürzen.

3. Für den Guss den Rahm aufkochen, von der Wärmequelle nehmen. Zartbitter-Schokolade zugeben, unter Rühren schmelzen. Flüssige Schokolade über die Torte gießen. Die Torte kann warm oder ausgekühlt serviert werden.

Tipps

Die Torte eignet sich wunderbar als Geburtstagstorte; man dekoriert sie mit kleinen Kerzen, silbrigen Zuckerperlen, roten Zuckerherzen oder mit ungespritzten Rosenblütenblättern.
Zur warmen Torte passen auch Früchte und Eiscreme, z. B. eine Vanille- oder Schokoladeneiscreme.

ENGLISCHER SCHOKO-NUSS-CAKE

für eine Cakeform von 25 cm Länge

125 g Rosinen
Rum
125 g weiche Butter
125 g Vollrohrzucker
1 Briefchen Bourbon-Vanillezucker
1 Prise Salz
3 Freilandeier
1 Eigelb von einem Freilandei
250 g Weißmehl/Mehl Type 405
2 TL phosphatfreies Backpulver
125 g geriebene Haselnüsse
80 g Mandelblättchen
150 g Zartbitter- oder Milch-Schokolade, grob gerieben

Glasur
100 g Haselnüsse
½ Portion Butter-Schokoladenglasur, Seite 42 oder 1 Päckchen dunkle Schokoladenglasur

1 Rosinen mehrere Stunden, besser über Nacht, in Rum einweichen.

2 Die Cakeform mit Backpapier auskleiden.

3 Den Backofen auf 160 °C vorheizen.

4 Butter mit Zucker, Vanillezucker und Salz zu einer luftigen, cremigen Masse aufschlagen. Eier und Eigelb nach und nach unterrühren. Abgetropfte Rosinen unterrühren. Mehl, Backpulver, Haselnüsse, Mandelblättchen und Schokolade mischen, zugeben, zu einem Teig rühren. Teig in die vorbereitete Cakeform füllen und glattstreichen.

5 Cake auf mittlerer Schiene in den vorgeheizten Ofen schieben, bei 160 °C 50 bis 60 Minuten backen. Probe: ein Holzspießchen in den Cake stechen. Wenn es trocken und sauber bleibt, ist der Cake fertig gebacken. Cake 10 Minuten in der Form abkühlen lassen, dann stürzen, auf dem Kuchengitter auskühlen lassen.

6 Haselnüsse für die Glasur grob hacken, in einer Bratpfanne trocken rösten, Nüsse auf einem Teller auskühlen lassen. Die Schokoladenglasur zubereiten, über den Cake gießen, mit den gerösteten Haselnüssen bestreuen.

REZEPTE KUCHEN UND TORTEN

für eine Springform von 26 cm Durchmesser

1 EL weiche Butter für die Form

Kaffee-Schoko-Biskuit
5 Eigelbe von Freilandeiern
150 g Zucker
5 Eiweiß
3 EL Instantkaffee
150 g Weißmehl/ Mehl Type 405
50 g Kakaopuder

Mascarponefüllung
5 Eigelbe von Freilandeiern
100 g Zucker
500 g Mascarpone
1½ TL feines Agar-Agar-Pulver (Reformhaus/Bioladen)
7 EL Himbeersirup
200 g Himbeeren, frisch oder tiefgekühlt
5 Eiweiß
2 Briefchen Bourbon-Vanillezucker

Kakaopuder und Puderzucker zum Bestäuben

HIMBEER-TIRAMISÙ-TORTE

1. Boden der Form mit einer Rondelle aus Backpapier belegen. Rand der Form mit Butter einfetten. Backofen auf 180 °C vorheizen.

2. Für das Biskuit Eigelbe und 50 g Zucker zu einer luftigen, cremigen Masse aufschlagen. Eiweiß steif schlagen, nach und nach restlichen Zucker und Instantkaffee unterrühren. Eischnee auf die Eigelbmasse geben. Mehl und Kakaopuder mischen, darübersieben, vorsichtig unter die Eigelbmasse heben. Teig in die vorbereitete Form füllen, glattstreichen.

3. Die Form auf der zweituntersten Schiene in den Ofen schieben, Biskuit bei 180 °C rund 20 Minuten backen. Biskuit auf ein Kuchengitter stürzen und auskühlen lassen.

4. Für die Füllung Eigelbe und 50 g Zucker luftig-cremig aufschlagen. Den Mascarpone zugeben und mitschlagen, bis die Masse fest ist. Agar-Agar mit dem Himbeersirup unter Rühren aufkochen. Von der Wärmequelle nehmen, ein wenig Mascarpone-Masse unterrühren, übrige Masse nach und nach unterrühren. Das Eiweiß steif schlagen, restlichen Zucker und Vanillezucker nach und nach unterschlagen. Eischnee und Himbeeren unter die Mascarpone-Masse heben.

5. Das Biskuit horizontal durchschneiden, Boden in die Form legen, die Hälfte der Mascarponemasse darauf verstreichen. Den Biskuitdeckel darauflegen, gut andrücken. Restliche Mascarponemasse auf dem Biskuit glattstreichen. Mindestens 6 Stunden kühl stellen.

6. Die Torte vor dem Servieren mit Kakaopuder und Puderzucker bestäuben.

Tipp
Mascarpone in einen Spritzbeutel mit glatter Tülle von 15 mm Durchmesser füllen, die Masse spiralförmig auf die Biskuitböden spritzen.

für eine Cakeform von 1 l Inhalt

2 dl/200 ml Rahm/Sahne
2 EL Instantkaffee
200 g Milchschokolade, fein gehackt
200 g Zartbitter-Schokolade, fein gehackt
2 EL Cognac oder Tia Maria (Kaffeelikör)
240 g Petit-Beurre/ Butterkekse
60 g Pistazien, grob gehackt, für die Garnitur

UNGEBACKENER CAPPUCCINO-CAKE

1. Rahm und Instantkaffee erhitzen, die Pfanne von der Wärmequelle nehmen. Die Schokolade zugeben, rühren, bis sie sich aufgelöst hat. Nach Belieben mit Cognac oder Tia Maria verfeinern.

2. Die Cakeform mit Backpapier auskleiden. Boden zuerst mit Petit-Beurre belegen, weiterfahren mit einer dünnen Schicht Schokoladencreme, dann eine Lage Petit-Beurre, abschließen mit Schokoladencreme, glattstreichen. Den Cappucino-Cake mindestens 5 Stunden kühl stellen.

3. Cake aus der Form nehmen. Einen Metallspachtel oder ein Messer mit heißem Wasser erwärmen, abtrocknen, Ränder des Cakes damit anschmelzen. Sofort mit gehackten Pistazien bestreuen und diese gut andrücken. Nochmals kurz kalt stellen.

4. Den Cappuccino-Cake in etwa 2 cm dicke Scheiben schneiden.

*für eine Springform
von 20 cm Durchmesser*

Boden
*100 g Butterbiskuits
2 EL Zucker
2 EL Kakaopuder
50 g flüssige Butter*

Guss
*400 g Doppelrahm-
frischkäse, zimmerwarm
150 g Zucker
1 Briefchen Bourbon-
Vanillezucker
1 Prise Salz
2 Freilandeier, zimmerwarm*

*1 Eigelb von einem
Freilandei
1½ dl/150 ml Baileys Irish
Cream
50 g Schokoladenchips oder
Schokoladenwürfelchen*

AMERIKANISCHER BAILEYS-SCHOKO-CHEESE-CAKE

1 Den Boden der Springform mit einer Rondelle aus Backpapier belegen.

2 Biskuits in einen Plastikbeutel legen, mit dem Teigholz zu feinen Bröseln zerstoßen. Biskuitbrösel, Zucker, Kakao und flüssige Butter vermengen, mit einem Löffel gleichmäßig auf den Boden der Springform verteilen und andrücken, kühl stellen.

3 Den Backofen auf 160 °C vorheizen.

4 Für den Guss Frischkäse, Zucker, Vanillezucker und Salz glattrühren. Eier und Eigelb nach und nach unterrühren. Am Schluss Baileys unterrühren. Die Masse auf den vorbereiteten Biskuitboden gießen. Schokoladenchips oder Schokoladenwürfelchen darüberstreuen.

5 Schoko-Cheese-Cake in der Mitte in den vorgeheizten Ofen schieben, bei 160 °C 80 Minuten goldbraun backen. Der Guss darf in der Mitte des Kuchens nicht mehr flüssig sein. Den Kuchen im Ofen bei nur leicht geöffneter Tür langsam auskühlen lassen. Wenn der Kuchen zu rasch abkühlt, reißt die Oberfläche tief ein. Mindestens 6 Stunden kühl stellen. Gekühlt servieren.

REZEPTE KUCHEN UND TORTEN

für eine Springform von 20 cm Durchmesser

1 TL weiche Butter für die Form

Boden
100 g Milchschokolade, grob zerkleinert
50 g kalte Butterstückchen
1 Freilandei
1 Eigelb von einem Freilandei
100 g Zucker
1 Prise Salz
100 g Weißmehl/ Mehl Type 405

Rand
1 dicke Plastikfolie, z. B. ein Klarsichtmäppchen
1 Portion Butter-Schokoladenglasur, Seite 42, oder 1 Beutel dunkle Schokoladen-Kuchenglasur

Füllung
250 g Zartbitter-Schokolade, grob zerkleinert
2 TL feines Agar-Agar-Pulver (Reformhaus/ Bioladen)
6 EL Orangensaft
2 Eigelbe von Freilandeiern
1 EL Orangenlikör

2 Eiweiß, steif geschlagen
½ l Rahm/Sahne, steif geschlagen

Garnitur
2–3 Handvoll essbare Blüten, z. B. Rosenblütenblätter, Veilchen, Stiefmütterchen, Ringelblumen, Gänseblümchen, Taglilien

SCHOKOLADENTORTE MIT BLÜTEN

1. Backofen auf 180 °C vorheizen.
2. Boden und Rand der Form mit Butter einstreichen, mit Backpapier sorgfältig auskleiden: für den Boden eine Rondelle auf Formgröße ausschneiden. Für den Rand einen Streifen Backpapier in der Höhe der Form und einige Zentimeter länger als der Umfang schneiden.
3. Für den Tortenboden Schokolade und Butter in einer Chromstahlschüssel über dem leicht kochenden Wasserbad unter Rühren schmelzen. Schüssel auf die Arbeitsfläche stellen, die Masse unter Rühren etwas abkühlen lassen. Ei, Eigelb, Zucker und Salz gut verrühren, die noch warme Schokoladenmasse unter Rühren zugeben, das Mehl unterrühren. Den Teig in die vorbereitete Form füllen.
4. Form auf der zweituntersten Schiene in den Ofen schieben, Biskuitboden bei 180 °C etwa 38 Minuten backen. Der Boden ist fertig gebacken, wenn an einem eingestochenen Zahnstocher klebrige Krümel haften bleiben. Das Biskuit aus der Form nehmen und auf einem Kuchengitter auskühlen lassen. Form waschen und trocknen.
5. Springformrand auf eine Tortenplatte stellen. Für den Schokoladenrand aus einem Klarsichtmäppchen 2 Streifen (6 cm x 31 cm) schneiden, einseitig mit Glasur bestreichen. Sobald die Glasur trocken aussieht, Streifen mit der Schokoladeseite nach innen an den Rand der Form legen. Biskuitboden vorsichtig in die Form legen.
6. Für die Füllung Schokolade in einer Chromstahlschüssel über dem leicht kochenden Wasser schmelzen. Agar-Agar-Pulver und Orangensaft unter Rühren aufkochen, Pfanne von der Wärmequelle nehmen. Eigelbe und Orangenlikör in einer Chromstahlschüssel über dem leicht kochenden Wasser schaumig schlagen. Wenn die Masse cremig ist, Agar-Agar unterrühren. Eigelbschaum zur geschmolzenen Schokolade geben, vorsichtig unterheben und etwas abkühlen lassen. Schlagrahm und Eiweiß unterheben, auf dem Teigboden verstreichen.
7. Schokoladentorte etwa 3 Stunden kühl stellen. Zuerst den Rand der Springform entfernen, Plastikfolie behutsam abziehen. Die Torte mit Blüten garnieren.

MERINGUIERTE SCHOKOTARTE

1 ausgerollter süßer Mürbeteig, ca. 230 g

1 EL weiche Butter für die Form

Füllung
300 g Zartbitter-Schokolade, zerbröckelt
2 ½ dl/250 ml Rahm/Sahne
3 EL Zucker
2 Freilandeier
2 EL Maisstärke
2 EL Orangen- oder Kaffeelikör

Meringue
1 Eiweiß
40 g Puderzucker

1. Die Form mit Butter einfetten. Den Mürbeteig in die Form legen. Teig einige Mal mit einer Gabel einstechen, kühl stellen.
2. Den Backofen auf 180 °C vorheizen.
3. Für die Füllung die Schokolade mit 4 EL Rahm bei schwacher Hitze schmelzen, restlichen Rahm und übrige Zutaten zufügen, verrühren, in die Form gießen.
4. Form in ein Backblech stellen. Auf der untersten Schiene in den Backofen schieben, Tarte bei 180 °C etwa 25 Minuten backen. Herausnehmen und etwas abkühlen lassen.
5. Für die Meringuemasse das Eiweiß steif schlagen, Puderzucker zugeben und weiterschlagen, bis der Eischnee sehr steif und glänzend ist. Die Masse in einen Spritzbeutel mit glatter Tülle füllen, haselnussgroße Tupfen auf die Tarte spritzen. Im oberen Drittel des vorgeheizten Backofens 7 bis 10 Minuten unter Aufsicht überbacken, herausnehmen und auf einem Kuchengitter auskühlen lassen.

REZEPTE KUCHEN UND TORTEN

KIRSCHTÖRTCHEN MIT WEISSER SCHOKOLADE UND MARASCHINO

für 14 Törtchen

50 g Zartbitter-Schokolade, grob zerkleinert

14 gekaufte Mürbeteigböden, 7 cm Durchmesser
450 g entsteinte Kirschen
½ dl/50 ml Maraschino
2 Eigelbe von Freilandeiern
1 TL Maisstärke
½ TL feines Agar-Agar-Pulver (Reformhaus/Bioladen)
100 g weiße Schokolade, grob gehackt
1 EL Maraschino
2 dl/200 ml Rahm/Sahne, geschlagen
14 schöne Kirschen für die Garnitur
3 EL Schokoladenraspeln für die Garnitur

1. Zartbitter-Schokolade in einer kleinen Schüssel über dem kochenden Wasser schmelzen, Mürbeteigböden damit auspinseln.

2. Kirschen mit Maraschino bei mittlerer Hitze zugedeckt etwa 3 Minuten köcheln lassen, zum Abtropfen in ein Sieb geben, Fond auffangen. Kirschsaft abmessen und beiseite stellen.

3. 1½ dl/150 ml Kirschfond, Eigelbe, Maisstärke und Agar-Agar unter Rühren einmal aufkochen, Schaum in eine kalte Schüssel gießen, weiße Schokolade darin schmelzen. Maraschino unterrühren. Auskühlen lassen.

4. Sobald der Schoko-Kirsch-Schaum fest zu werden beginnt, Rahm unterheben. In einen Spritzbeutel mit gezackter Tülle (12 mm Durchmesser) füllen.

5. Die pochierten Kirschen in die Mürbeteigböden füllen, Schoko-Kirsch-Schaum darauf spritzen, mit Schokoladenraspeln und Kirschen garnieren.

REZEPTE KUCHEN UND TORTEN

für ca. 30 Trüffeln

200 g weiße Schokolade, fein gehackt
100 g weiche Butter
1 Eigelb von einem Freilandei
2 TL Rosenwasser in Bioqualität

2 TL Randen-/ Rote-Bete-Saft
1 EL Cognac

100 g Kokosnussflocken
1 EL Randen-/ Rote-Bete-Saft

ROSENTRÜFFELN

1. Weiße Schokolade und Butter in der Chromstahlschüssel über dem leicht kochenden Wasser schmelzen. Schüssel auf die Arbeitsfläche stellen. Die Masse glattrühren, Eigelb, Rosenwasser, Randensaft und Cognac unterrühren. Die Masse in einen Suppenteller gießen. In den Kühlschrank stellen, so lang kühlen, bis sie so weich wie Wachs ist.

2. Kokosnussflocken mit dem Randensaft in einen Suppenteller geben, mit den Fingerspitzen verreiben, bis die Flocken gleichmäßig rosa sind, beiseite stellen.

3. Von der Schokomasse mit einem Teelöffel kirschgroße Portionen abstechen, mit den Händen Kugeln formen und diese in den rosa Kokosnussflocken wenden.

4. Die Rosentrüffeln auf einen Teller legen und bis zum Servieren zugedeckt kühl stellen. Innert 4 Tagen konsumieren.

Aufbewahren
Die Trüffeln sind im Tiefkühler 2 bis 3 Wochen haltbar. Einmal aufgetaute Trüffeln nicht mehr tiefkühlen und möglichst am gleichen Tag genießen.

Tipp
Die Rosentrüffeln auf einem Beet von Rosenblütenblättern servieren.

Nebst der Zartbitter-Schokolade liebe ich weiße Schokolade über alles. Die Rosentrüffeln sind einfach herzustellen. Rosenwasser und Kokosflocken runden das betörende Vanillearoma in der weißen Schokolade angenehm ab. Wichtig: nur Rosenwasser in Bioqualität entführt in himmlische Gefilde.

ergibt ca. 20 Trüffeln

200 g weiße Schokolade, fein gehackt
1 EL Rahm/Sahne
2 EL Amaretto
2 EL Mandelmus (Reformhaus/Bioladen)

zum Wenden
50 g geschälte, geriebene Mandeln

WEISSE MANDELTRÜFFELN MIT AMARETTO

1 Weiße Schokolade und Rahm in einer Chromstahlschüssel im kochenden Wasser schmelzen. Die Schüssel auf die Arbeitsfläche stellen, Amaretto und Mandelmus zugeben, kräftig rühren, bis aus der flockigen Masse ein glatter Schokoladenteig entstanden ist. Bei Zimmertemperatur auskühlen lassen.

2 Aus der Masse mit einem Teelöffel kirschgroße Portionen abstechen, mit den Händen Kugeln formen und diese in den geriebenen Mandeln wenden.

3 Die Trüffeln auf einen Teller legen, bis zum Servieren zugedeckt kühl stellen.

Aufbewahren
Die Trüffeln sind 2 bis 3 Wochen haltbar.

ergibt ca. 25 Trüffeln

200 g Zartbitter-Schokolade, fein gehackt
80 g Butter
1 Eigelb von einem Freilandei
1 EL Orangenlikör, z. B. Grand Marnier
1 Msp Lebkuchengewürz

zum Wenden
3 EL Kakaopuder
3 EL Puderzucker
½ TL Lebkuchengewürz

WEIHNACHTLICHE SCHOKOLADENTRÜFFELN

1 Schokolade und Butter in einer Chromstahlschüssel im heißen Wasserbad schmelzen. Die Schüssel auf die Arbeitsfläche stellen, Schokoladenmasse glattrühren, Eigelb, Orangenlikör und Gewürz unterrühren. Schokomasse in einen tiefen Teller gießen bei Zimmertemperatur auskühlen lassen.

2 Kakaopuder, Puderzucker und Lebkuchengewürz in einen tiefen Teller sieben, mischen.

3 Von der Schokomasse mit einem Teelöffel kirschgroße Portionen abstechen, mit den Händen Kugeln formen, in der vorbereiteten Mischung wenden.

4 Die Trüffeln auf einen Teller legen. Bis zum Servieren zugedeckt kühl stellen. Innert 4 Tagen genießen.

Aufbewahren
Die Trüffeln sind im Tiefkühler 2 bis 3 Wochen haltbar. Aufgetaute Trüffeln nicht mehr tiefkühlen.

ergibt ca. 35 Stück

4 Eiweiß von Freilandeiern
350 g Puderzucker
1 EL Maisstärke
100 g geschälte, geriebene Mandeln
50 g Kakaopuder
1 Prise Salz

Füllung
1 dl/100 ml Rahm/Sahne
200 g Zartbitter- oder Milchschokolade, fein gehackt
1 EL Butter

GEFÜLLTE SCHOKO-MAKRONEN

1. Den Backofen auf 200 °C vorheizen.

2. Das Eiweiß zu sehr steifem Schnee schlagen, nach und nach Puderzucker und Maisstärke unter Rühren zugeben, weiterschlagen, bis die Masse schnittfest ist. Mandeln, Kakaopuder und Salz mischen, vorsichtig unterrühren, bis die Masse gleichmäßig braun ist.

3. Die Makronenmasse in einen Spritzbeutel mit glatter Tülle (12 mm Durchmesser) füllen, auf ein mit Backpapier belegtes Blech Tupfen von etwa 3 ½ cm Durchmesser spritzen. Wenn das Blech voll ist, den Spritzbeutel mit der Masse kalt stellen.

4. Blech in der Mitte in den vorgeheizten Ofen schieben, die Makronen bei 200 °C etwa 12 Minuten backen. Den Ofen während des Backens nicht öffnen. Das Blech herausnehmen, das Gebäck mit dem Backpapier vom Blech ziehen und auskühlen lassen. Die restliche Masse auf ein Backpapier spritzen und ebenfalls backen.

5. Für die Füllung den Rahm aufkochen, die Pfanne von der Wärmequelle nehmen. Schokolade und Butter zugeben und unter Rühren schmelzen. Die Masse mit dem Schneebesen des Handrührgerätes schlagen, bis sie abgekühlt und schaumig ist.

6. Je zwei Makronen mit einem Teelöffel Füllung zusammenkleben.

Aufbewahren

Die Schokoladen-Makronen in einer gut schließenden Vorratsdose im Kühlschrank aufbewahren.

ergibt ca. 850 g Bonbons für ein rechteckiges Kuchenblech von 20 cm Länge

2 TL Instantkaffee
2 EL heißes Wasser
½ l Rahm/Sahne
600 g Zucker
1 Vanilleschote, längs aufgeschnitten
2 EL kaltes Wasser
100 g weiße Schokolade, fein gehackt
100 g Milchschokolade, fein gehackt
1 EL Wasser zum Bepinseln

MÜRBE CAPPUCCINO-FUDGES

1. Den Instantkaffee im heißen Wasser auflösen, auskühlen lassen.

2. In zwei Töpfen die halbe Menge Rahm und Zucker und ½ Vanilleschote unter Rühren aufkochen, bei schwacher Hitze unter gelegentlichem Rühren 30 bis 40 Minuten hellbraun und dickflüssig einkochen lassen. Nach 10 Minuten Kochzeit Vanilleschote entfernen. Zur Probe einige Tropfen der Zuckermasse auf eine kalte Untertasse geben. Wenn die Tropfen schnell erstarren, ist die Masse fertig.

3. Damit die Bonbons wunderbar mürbe werden, rührt man unter eine Masse das kalte Wasser, unter die andere den kalten Kaffee. Die Töpfe von der Wärmequelle nehmen. Die Milchschokolade unter die Kaffeemasse, die weiße Schokolade unter die andere Masse rühren.

4. Die weiße Schokoladenmasse in ein mit Backpapier ausgekleidetes Blech gießen und mit dem Rücken eines Löffels glattstreichen, Masse mit wenig Wasser bepinseln. Die Kaffeemasse darübergießen und etwas abkühlen lassen.

5. Die Masse noch lauwarm auf ein Brett stürzen, in mundgerechte Bonbons schneiden. Dabei das Messer vor jedem Schnitt mit heißem Wasser abspülen und trocknen.

6. Bonbons vollständig auskühlen lassen. Nach Belieben in Cellophanpapier einwickeln. In gut schließenden Vorratsdosen aufbewahren.

ergibt ca. 40 Stück	150 g Mandelblättchen 50 g Weißmehl/ Mehl Type 405
50 g kandierte Kirschen, geviertelt	1 dl/100 ml Rahm/Sahne 150 g Zucker
50 g kandierter Ingwer, grob gehackt	50 g Butter 200 g Zartbitter- oder Milchschokolade,
50 g gemischte kandierte Früchte	fein gehackt

FLORENTINER

1. Kandierte Früchte, Mandelblättchen und Mehl mischen.
2. Den Backofen auf 200 °C vorheizen.
3. Rahm, Zucker und Butter aufkochen, unter Rühren 2 Minuten köcheln lassen, Frucht-Mandel-Mischung unterrühren.
4. Von der Florentinermasse Häufchen auf die mit Backpapier belegten Bleche geben, mit einer Gabel flach drücken.
5. Backblech auf mittlerer Schiene in den vorgeheizten Ofen schieben, die Florentiner bei 200 °C etwa 10 Minuten backen, herausnehmen. Nun kann man die Florentiner mit einem runden Ausstecher zu gleichmäßigen Rondellen zusammenschieben. Auskühlen lassen.
6. Die Hälfte der Schokolade in einer Chromstahl-schüssel im heißen Wasserbad schmelzen. Die Schüssel auf die Arbeitsfläche stellen. Restliche Schokolade unter Rühren in der geschmolzenen Schokolade auflösen. Auf ein mit Backpapier belegtes Blech gießen und abkühlen lassen. Kurz vor dem Erstarren Florentiner mit der Unterseite darauflegen, leicht andrücken, Schokolade aushärten lassen. Die Schokolade rund um die Florentiner mit einem Messer einritzen und vom Blech lösen. Die Hälfte der übriggebliebenen (bereits schon einmal geschmolzenen) Schokolade wieder in der Chromstahlschüssel im heißen Wasserbad schmelzen, die Schüssel auf die Arbeitsfläche stellen, restliche fein gehackte Schokolade unter Rühren in der geschmolzenen Schokolade schmelzen. Schokoladenseiten der Florentiner damit dünn bestreichen, mit einer Gabel ein Wellenmuster zeichnen, fest werden lassen. Kühl und trocken lagern.

REZEPTE KONFEKT UND PRALINEN

ergibt ca. 50 Stück

150 g Mandelstifte
400 g Zartbitter- oder
Milchschokolade,
fein gehackt
100 g Cornflakes

SCHOKO-MANDEL-KNUSPERLI

1. Mandelstifte in einer Bratpfanne ohne Fett unter Rühren goldbraun rösten, auf einem Teller auskühlen lassen.
2. Die Hälfte der Schokolade in einer Chromstahl-schüssel im heißen Wasserbad schmelzen. Schüssel auf die Arbeitsfläche stellen, restliche Schokolade unter Rühren in der geschmolzenen Schokolade auf-lösen. Ausgekühlte Mandelstifte und Cornflakes zugeben, vorsichtig mischen.
3. Die Masse mit einem Teelöffel portionieren und die Häufchen auf ein mit Backpapier belegtes Blech setzen, im Kühlschrank fest werden lassen.

Tipp
Die Masse in kleine Alu-Pralinen-Förmchen füllen.

ergibt 20 Stück

20 Kirschen mit Stiel
ca. ½ l Kirsch
150 g Marzipan

200 g Schokolade,
Sorte nach Belieben,
z. B. Milchschokolade
50 g Pistazien, fein gehackt

KIRSCHEN IM MARZIPAN-SCHOKO-MANTEL

1. Kirschen mit dem Stiel nach oben in ein flaches Gefäß stellen, Kirsch einfüllen. Zugedeckt eine Woche an einem kühlen, dunklen Ort (Keller oder Kühlschrank) ziehen lassen. Kirschen auf Haushaltpapier gut abtropfen lassen.
2. Marzipan sehr dünn ausrollen. Jede Kirsche einzeln in Marzipan hüllen.
3. Die Schokolade schmelzen, Seite 43. Die Kirschen einzeln in die Schokolade tauchen, ein wenig abtropfen lassen, in den gehackten Pistazien dipen, auf Küchenpapier fest werden lassen.

Tipps
Restlichen Kirsch in Flasche mit Schraubverschluss füllen und im Kühlschrank lagern. Er kann zum Kochen und Backen verwendet werden. Bei heißem Wetter schmecken die Kirschpralinen aus dem Kühlschrank herrlich erfrischend.

Abbildung

WARME DUNKLE SCHOKOLADENTÖRTCHEN MIT FLÜSSIGEM INNENLEBEN

für 4 Förmchen von 1 dl/100 ml Inhalt

2 EL weiche Butter
wenig Mehl für
die Förmchen

Schokoladenmasse
60 g Zartbitter-Schoklade, zerkleinert
50 g kalte Butterwürfelchen
1 Freilandei
1 Eigelb von einem Freilandei

3 EL Zucker
1 Briefchen Bourbon-Vanillezucker
1 EL Weißmehl

zum Bestäuben
wenig Puderzucker

Dieses Törtchen habe ich zum ersten Mal in New York genossen. Ich war von der flüssigen Überraschung restlos begeistert. Mein Bruder Gerald, auch Koch, hat mich damals begleitet und mich aufgeklärt, dass es sich keinesfalls um eine neue Kreation handelt, sondern um einen französischen Klassiker. Hier meine Version dieses umwerfenden Desserts.

1 Die Förmchen sorgfältig mit Butter einfetten und mit Mehl ausstäuben, kühl stellen.

2 Den Backofen auf 230 °C vorheizen. Ein Blech auf der untersten Schiene einschieben und vorwärmen.

3 Schokolade und Butter in einer Chromstahlschüssel über dem kochenden Wasser schmelzen. Eigelb, Ei, Zucker und Vanillezucker mit dem Handrührgerät (mit dem Schneebesen) auf höchster Stufe luftig aufschlagen. Geschmolzene Schokoladenmasse unter Rühren zugeben, Mehl unterrühren.

4 Schokomasse in die Förmchen füllen. Förmchen auf das heiße Blech stellen. Schokoladentörtchen bei 230 °C 7 Minuten backen. Sofort umgekehrt auf Teller stellen und in den Förmchen 15 Sekunden ruhen lassen. Förmchen vorsichtig entfernen, die Törtchen mit Puderzucker bestäuben. Sofort servieren!

Tipp

Törtchen 1 bis 2 Tage im Voraus zubereiten und ungebacken im Kühlschrank aufbewahren. 30 Minuten vor dem Backen aus dem Kühlschrank nehmen und Zimmertemperatur annehmen lassen.

2 Freilandeier
3 Eigelbe von Freilandeiern
1 Msp Maisstärke
100 g Zucker
100 g Zartbitter-Schokolade, 70 % Kakaoanteil, fein gerieben
3 dl/300 ml Marsala (Dessertwein)

SCHOKOLADENZABAIONE

1 Eier, Eigelbe, Maisstärke und Zucker in einer Chromstahlschüssel mit dem Handrührgerät (mit dem Schneebesen) auf höchster Stufe zu einer luftigen Masse aufschlagen.

2 Schokolade und Marsala zum Eierschaum geben. Die Masse über dem leicht kochenden Wasser schlagen, bis der Schaum dickflüssig ist. Sofort in Gläser gießen und servieren.

Tipp
Die Maisstärke ist hier eine kleine Sicherheitsbarriere. Sie verzögert bei zu starkem Erhitzen ein Gerinnen. Geübte können darauf verzichten. Sollte die Masse dennoch einmal zu heiß werden, sofort in einem kaltem Wasserbad unter ständigem Schlagen etwas abkühlen.

für 6 bis 8 Personen

2 dl/200 ml Rahm/Sahne
300 g Zartbitter-Schokolade, fein zerbröckelt
3 EL Cognac oder Orangenlikör

Zum Eintauchen
Früchte in mundgerechten Stücken, z. B. Erdbeeren, Brombeeren, Himbeeren, Kiwischeiben, Melonenwürfel, Ananaswürfel, Bananenwürfel, Apfel- und Birnenschnitze

Zitronensaft zum Beträufeln der Früchte, die sich braun verfärben

Cake, z. B. Schokoladen-, Vanille- oder Nusscake, in mundgerechten Würfeln

SCHOKOLADENFONDUE

1 Früchte vorbereiten, bei Bedarf mit wenig Zitronensaft beträufeln.

2 Den Rahm aufkochen, Pfanne von der Wärmequelle nehmen. Zartbitter-Schokolade zugeben, unter Rühren schmelzen. Pfanne wieder auf die Kochplatte stellen, Cognac oder Orangenlikör unterrühren.

3 Das Schokofondue in das Fonduecaquelon gießen, auf dem Rechaud warm halten.

Tipp
Anstelle des Fonduesets eine Wärmeplatte mit Teelichtern zum Warmhalten verwenden. Schokofondue in ein feuerfestes Gefäß füllen.

SCHOKO-PANCAKES MIT KIRSCHEN UND CAMPARI-SCHOKOLADEN-SIRUP

für 10 bis 12 Pancakes

250 g Weißmehl/
Mehl Type 405
1½ TL phosphatfreies
Backpulver
1 Msp Salz
2 EL Zucker
1 Briefchen Bourbon-
Vanillezucker

50 g Zartbitter- oder
Milchschokolade,
grob gehackt
1 Freilandei
3½ dl/350 ml Buttermilch
2 EL Öl, z. B. Sonnen-
blumenöl
Öl zum Braten

Campari-Schokoladen-Sirup

200 g Zartbitter-Schokolade,
fein gehackt
½ dl/50 ml Milch
1 dl/100 ml Campari Soda

300 g Kirschen

1. Für den Sirup Schokolade und Milch unter Rühren bei schwacher Hitze schmelzen. Campari Soda unterrühren, auskühlen lassen.
2. Für den Pancaketeig Mehl, Backpulver, Salz, Zucker, Vanillezucker und Schokolade mischen. Ei, Buttermilch und Öl zugeben, zu einem glatten Teig rühren. 10 Minuten ruhen lassen.
3. Die Kirschen halbieren und entsteinen.
4. Den Backofen auf 60 °C vorheizen, eine Platte warmstellen.
5. Eine beschichtete Bratpfanne bei mittlerer Hitze aufheizen. Ein paar Tropfen Öl in die Pfanne geben, den Teig portionsweise zugeben, Pancakes von 10 cm Durchmesser braten. Warmstellen.
6. Zum Servieren je 3 Pancakes auf die Teller legen, mit den Kirschen umgeben, Campari-Schokoladen-Sirup separat servieren.

Tipps

Für Chocoholics sind diese Pancakes viel mehr als Dessert; sie sind Teil des Frühstücks. Der Teig ist im Handumdrehen zubereitet und braucht nicht unbedingt zu ruhen. Die Pancakes können auch vorgebacken und mit Backpapier als Zwischenlage portionsweise tiefgekühlt werden. Im Mikrowellenofen erwärmen.

Variante

Campari-Schokoladen-Sirup durch Ahornsirup ersetzen.

SCHOKOLADEN-SOUFFLEE MIT MINZE

für 4 Porzellantassen oder Souffleeförmchen

wenig weiche Butter und Zucker für die Tassen

100 g Zartbitter-Schokolade, zerbröckelt
2 EL Milch
4 Eigelbe von Freilandeiern
4 EL Zucker
1 Briefchen Bourbon-Vanillezucker
2 EL Milch
3 TL fein gehackte Minze
4 Eiweiß
1 EL Zucker
wenig Puderzucker zum Bestäuben

1. Tassen oder Förmchen mit Butter einfetten, mit Zucker ausstreuen.
2. Den Backofen auf 200 °C vorheizen.
3. Die Schokolade mit der Milch im heißen Wasserbad schmelzen.
4. Eigelbe, Zucker, Vanillezucker und Milch zu einer luftigen Masse aufschlagen. Schokolade unterrühren. Minze zufügen.
5. Eiweiß steif schlagen, den Zucker einrieseln lassen, weiterschlagen, bis die Masse sehr fest und glänzend ist. Eischnee vorsichtig unter die Schokomasse heben, in die vorbereiteten Tassen oder Förmchen füllen.
6. Die Förmchen auf der untersten Schiene in den Ofen schieben, die Soufflees bei 200 °C 10 Minuten backen. Sofort herausnehmen, Puderzucker darüberstreuen, sofort servieren.

Tipp

Soufflee anstelle der Minze mit frisch geriebener Orangenschale oder einem Teelöffel Instantkaffee aromatisieren.

für 4 Muffinförmchen

1 EL weiche Butter
für die Förmchen
2 EL Kokosnussflocken
für die Förmchen

Schokoladentörtchen

80 g Zartbitter-Schokolade,
grob gehackt
50 g kalte Butterwürfelchen
2 Eigelbe von Freilandeiern
1 Briefchen Bourbon-
Vanillezucker
50 g Zucker
1 Eiweiß

Eiscremekugeln

4 Kugeln Vanilleeis
4 EL Kokosnussflocken

EINGESUNKENE SCHOKOLADENTÖRTCHEN MIT KOKOSNUSS-EISKUGELN

1 Förmchen mit Butter einfetten, mit Kokosflocken ausstreuen, kühl stellen.

2 Den Backofen auf 180 °C vorheizen.

3 Schokolade mit der Butter im heißen Wasserbad schmelzen.

4 Eigelbe, Vanillezucker und die Hälfte des Zuckers mit dem Schneebesen luftig aufschlagen. Die Butter-Schoko-Masse unter ständigem Rühren zugeben und sorgfältig mischen.

5 Eiweiß steif schlagen, den restlichen Zucker nach und nach einrieseln lassen, weiterschlagen, bis der Eischnee sehr steif und glänzend ist, vorsichtig unter die Schokoladenmasse heben.

6 Den Teig in die vorbereiteten Förmchen verteilen.

7 Schokotörtchen auf der zweituntersten Schiene in den Ofen schieben, bei 180 °C 25 Minuten backen. Aus dem Ofen nehmen, 10 Minuten abkühlen lassen. Törtchen mit einem Messer vorsichtig lösen, auf Dessertteller legen. Die Vanilleeiskugeln in den Kokosflocken drehen, auf die eingesunkenen Törtchen legen, sofort servieren.

REZEPTE DESSERTS

WARME SCHOKOWAFFELN MIT BANANENCREME

für 8 bis 12 Waffeln

Schokowaffeln
125 g weiche Butter
50 g Vollrohrzucker
1 Briefchen Bourbon-Vanillezucker
3 Eigelbe von Freilandeiern
1 EL Rum oder Orangenlikör
3 Eiweiß
100 g Zucker

150 g Weißmehl/ Mehl Type 405
1 TL phosphatfreies Backpulver
50 g geriebene Haselnüsse
100 g Milchschokolade, grob gehackt

evtl. wenig flüssige Butter für das Waffeleisen

Bananencreme
3 reife Bananen
200 g Naturjogurt
1 EL Zucker
1 Briefchen Bourbon-Vanillezucker
1 EL Zitronensaft
50 g Zartbitter-Schokolade, fein gehackt
2 dl/200 ml Rahm/Sahne, steif geschlagen

1. Butter mit Zucker und Vanillezucker zu einer cremigen, luftigen Masse aufschlagen, Eigelbe und Rum nach und nach unterrühren.
2. Das Eiweiß steif schlagen, den Zucker einrieseln lassen und weiterschlagen, bis der Eischnee sehr fest und glänzend ist.
3. Mehl, Backpulver, Haselnüsse und Schokolade mischen, abwechselnd mit dem Eischnee vorsichtig unter die Eigelbmasse ziehen.
4. Das Waffeleisen aufheizen, eventuell mit flüssiger Butter einpinseln. Goldgelbe Waffeln backen.
5. Für die Creme die zerkleinerten Bananen mit Jogurt, Zucker, Vanillezucker und Zitronensaft pürieren. Schokolade und Schlagrahm unterrühren. Die Creme zu den Waffeln servieren.

für 4 Kaffeetassen oder Förmchen von
1¼ dl/125 ml Inhalt

Vanille-Panna-Cotta
½ dl/50 ml Milch
2 Msp feines Agar-Agar-Pulver (Reformhaus/Bioladen)
1 TL Bourbon-Vanillezucker
1 dl/100 ml Rahm/Sahne

Schokoladen-Panna-Cotta
1 dl/100 ml Kaffee
½ TL fein gemahlenes Agar-Agar-Pulver (Reformhaus/Bioladen)
60 g Zartbitter-Schokolade, fein gehackt
3 TL Bourbon-Vanillezucker
1 ½ dl/ 150 ml Rahm/Sahne
1 dl/100 ml Milch

VANILLE- UND SCHOKOLADEN-PANNA-COTTA

1. Für die Vanille-Panna-Cotta Milch, Agar-Agar-Pulver und Vanillezucker unter Rühren aufkochen, die Pfanne von der Wärmequelle nehmen. Leicht abkühlen lassen. Rahm langsam unterrühren. Panna Cotta auf 4 Tassen oder Förmchen verteilen. 10 Minuten oder bis die Flüssigkeit eingedickt ist, in den Tiefkühler stellen.

2. Für die Schokoladen-Panna-Cotta Kaffee und Agar-Agar-Pulver unter Rühren aufkochen, Pfanne von der Wärmequelle nehmen. Leicht abkühlen lassen. Schokolade im Kaffee auflösen, Vanillezucker, Rahm und Milch unterrühren. Schokoladen-Panna-Cotta vorsichtig über die Vanille-Panna-Cotta gießen. Mindestens 3 Stunden kühl stellen.

3. Zum Servieren die Förmchen ein paar Sekunden in heißes Wasser tauchen, auf Teller stürzen. Nach Belieben mit pürierten Beeren oder Fruchtsalat garnieren.

*für ca. 12 Eislutscher
von 1 dl/100 ml Inhalt*

Bananeneiscreme
*500 g Bananen (ohne Schale gewogen)
150 g Akazienblütenhonig
2 ½ dl/250 ml Rahm/Sahne
2 EL Rum*

Schokoladenglasur
*200 g Zartbitter- oder Milchschokolade
4 EL Erdnussöl*

BANANEN-SCHOKO-EISLUTSCHER

1 Bananen in Stücke schneiden, mit Honig und Rum pürieren. Rahm steif schlagen, unter das Püree heben. Die Bananenmasse in die Eislutscherformen füllen, im Tiefkühler mindestens 3 Stunden festwerden lassen.

2 Für die Glasur die Schokolade mit dem Erdnussöl im heißen Wasserbad schmelzen. Eine Platte oder ein Kuchenblech im Tiefkühler vorkühlen.

3 Eislutscher vorsichtig aus den Förmchen nehmen. Dazu Förmchen kurz unter fließendes warmes Wasser halten. Die Eislutscher auf die vorgekühlte Platte legen und im Tiefkühler nochmals fest werden lassen.

4 Eislutscher in der Schokoladenglasur drehen, wieder in den Tiefkühler legen, Glasur erstarren lassen.

Tipp
Besonders schön lassen sich die Eislutscher in einer mit Eiswürfeln gefüllten Schüssel anrichten.

REZEPTE DESSERTS

Zartbitter-Schokoladenmousse	*Weiße Schokoladenmousse*	*Milchschokoladenmousse*
200 g Zartbitter-Schokolade, grob gehackt 1 Freilandei 2 EL Cognac 2½ dl/250 ml Rahm/Sahne, steif geschlagen	200 g weiße Schokolade, grob gehackt 1 Ei von einem Freilandei 1 Eigelb von einem Freilandei 3 Msp fein gemahlenes Agar-Agar-Pulver (Reformhaus/Bioladen) 3 EL Orangensaft 1 EL Arrak 1 EL weißer Rum 2½ dl/250 ml Rahm/Sahne, steif geschlagen	200 g Milchschokolade, grob gehackt 1 Freilandei 2 EL Orangenlikör 2½ dl/250 ml Rahm/Sahne, steif geschlagen

SCHOKOLADENMOUSSE IN VARIATIONEN

1. Für die Zartbitter-Schokolademousse Zartbitter-Schokolade in einer Chromstahlschüssel im heißen Wasserbad schmelzen. Ei und Cognac in einer kleinen Chromstahlschüssel über dem kochenden Wasser cremig aufschlagen, zur geschmolzenen Schokolade geben und vorsichtig unterheben, leicht abkühlen lassen. Den steif geschlagenen Rahm unter die Mousse heben, in eine Glasschüssel füllen, zudecken. Mousse im Kühlschrank mindestens 3 Stunden fest werden lassen.

2. Für die weiße Schokomousse weiße Schokolade in einer Chromstahlschüssel im heißen Wasserbad schmelzen. Agar-Agar-Pulver und Orangensaft unter Rühren aufkochen. Ei, Eigelb, Arrak und Rum in einer kleinen Chromstahlschüssel über dem kochenden Wasser cremig aufschlagen. Agar-Agar zugeben, gut verrühren. Eiercreme zur geschmolzenen Schokolade geben, vorsichtig unterheben, wenig abkühlen lassen. Schlagrahm unter die Mousse heben, in eine Glasschüssel füllen, zudecken. Mousse im Kühlschrank mindestens 3 Stunden fest werden lassen.

3. Milchschokoladen-Mousse: siehe Zartbitter-Schokomousse.

ergibt ca. 1 Liter Eiscreme

6 dl/600 ml Milch
150 g weiße Schokolade, grob gehackt
1 Briefchen Bourbon-Vanillezucker
1 Prise Salz
50 g weiße Schokolade, fein gehackt

WEISSES SCHOKOLADENEIS

1. Milch aufkochen, die Pfanne von der Wärmequelle nehmen. Weiße Schokolade, Vanillezucker und Salz zugeben, rühren, bis alles vollständig aufgelöst ist. Auskühlen lassen.
2. Restliche Schokolade zugeben.
3. Tiefkühlen: siehe Schokolade-Buttermilch-Eis, nebenan.

ergibt ca. 1 Liter Eiscreme

100 g Kakaopuder
100 g Vollrohrzucker
1 Briefchen Bourbon-Vanillezucker
2½ dl/250 ml Milch
½ l Buttermilch

SCHOKOLADEN-BUTTERMILCH-EIS

1. Kakaopuder, Zucker, Vanillezucker und wenig Milch zu einer dicken Masse rühren.
2. Restliche Milch aufkochen, unter die Kakaomasse rühren. Buttermilch unterrühren.
3. Die Masse in eine flache Tiefkühldose füllen, tiefkühlen. Gelegentlich mit einem kleinen Schneebesen durchrühren, damit die Eiskristalle klein bleiben.
4. Sobald die Creme gefroren, aber immer noch formbar ist, davon mit einem Eisportionierer Kugeln abstechen, auf einem mit Backpapier belegten Blech fertig tiefkühlen.
5. Eiscremekugeln anrichten und zum Antauen kurz stehen lassen.

Tipp
Die Creme in der Eismaschine gefrieren lassen. Die eingearbeitete Luft macht die Eiscreme voluminöser und zartschmelzender.

1 rechteckig ausgerollter Blätterteig, 24 cm x 42 cm

Schokoladenmousse
100 g Zartbitter-Schokolade, grob zerbröckelt
2 ½ dl/250 ml Rahm/Sahne, gekühlt

½ TL Lebkuchengewürz
2 EL Grand Marnier
1 Eiweiß von einem Freilandei, steif geschlagen

4 EL Puderzucker

WEIHNACHTLICHE SCHOKOLADENMOUSSE IM BLÄTTERTEIG

1 Den Backofen auf 220 °C vorheizen.

2 Aus dem Blätterteig je 4 große, mittelgroße, kleine und sehr kleine Sterne (11 cm, 9 cm, 5 cm, 4 cm Länge = Diagonale) ausstechen, auf ein Backblech legen. In der Mitte in den Ofen schieben und bei 220 °C etwa 12 Minuten backen, herausnehmen und auskühlen lassen.

3 Die Schokolade mit 4 EL Rahm und dem Lebkuchengewürz in einer kleinen Pfanne bei schwacher Hitze schmelzen. Den restlichen Rahm steif schlagen, portionsweise mit Eischnee und Grand Marnier unter die geschmolzene Schokolade heben. Mindestens 30 Minuten kühl stellen.

4 Die Schokoladenmousse in einen Spritzbeutel mit gezackter Tülle füllen, auf die Blätterteigsterne 1 cm hohe Tupfen spritzen. Sterne der Größe nach aufeinanderlegen, mit Puderzucker bestäuben.

REZEPTE DESSERTS

für eine beschichtete Cakeform von 1 l Inhalt

Schokoladenparfait
1 Eigelb von einem Freilandei
½ dl/50 ml Milch
50 g Zartbitter-Schokolade, fein gehackt
1 EL Grand Marnier
1 Eiweiß, steif geschlagen
½ dl/50 ml Rahm/Sahne, steif geschlagen

Espressoparfait
1 Eigelb von einem Freilandei
2 EL Zucker
½ dl/50 ml Espresso, abgekühlt
1 Eiweiß, steif geschlagen
½ dl/50 ml Rahm/Sahne, steif geschlagen

Vanilleparfait
1 Eigelb von einem Freilandei
2 EL Zucker
½ dl/50 ml Milch
1 Vanilleschote, aufgeschnitten, Mark abgestreift
1 Eiweiß, steif geschlagen
½ dl/50 ml Rahm/Sahne, steif geschlagen

Schokoladenblätter für die Garnitur, Seite 45

DREIFARBIGES CAPPUCCINO-PARFAIT

1. Ein kaltes Wasserbad bereitstellen.
2. Für das Schokoladenparfait Eigelb, Milch, Zartbitter-Schokolade und Grand Marnier in einer Chromstahlschüssel im heißen Wasserbad zu einer cremigen, luftigen Masse aufschlagen. Die Schüssel in das kalte Wasserbad stellen und die Creme unter Rühren abkühlen lassen. Eischnee und steif geschlagenen Rahm vorsichtig unterziehen.
3. Espressoparfait: Wird gleich wie das Schokoladenparfait zubereitet.
4. Vanilleparfait: Wird gleich wie das Schokoladenparfait zubereitet.
5. Die drei Parfaitmassen nacheinander in die Cakeform füllen. Für eine schöne Marmorierung die Schichten mit einem Teelöffel leicht vermischen. Die Cakeform gut mit Klarsicht- und Alufolie verschließen, mindestens 5 Stunden tiefkühlen.
6. Um das dreifarbige Parfait zu stürzen, die Cakeform kurz unter fließendes warmes Wasser halten. Das Parfait zum Servieren in Scheiben schneiden und nach Belieben mit Schokoladenblättern garnieren.

REZEPTE DESSERTS

*für 4 Förmchen von
je 1 dl/100 ml Inhalt,
z. B. Herz, Schmetterling*

2 EL weiche Butter
für die Förmchen

Schokoladenherzen
2 Freilandeier, getrennt
20 g weiche Butter
8 EL (90 g) Zucker
1 Prise Salz

2 Vanilleschoten,
aufgeschnitten, Mark
abgestreift
40 g Weißmehl/
Mehl Type 405
2 EL Kakaopuder
2 EL geriebene Mandeln

Rosenzabaione
2 dl/200 ml Rotwein
½ TL biologisches
Rosenwasser

6 EL Zucker
2 Eigelbe von Freilandeiern
1 Msp Maisstärke

wenig Kakaopuder zum
Bestäuben
1 Handvoll ungespritzte
Rosenblütenblätter
für die Garnitur

HEISSE SCHOKOLADENHERZEN AUF ROSENZABAIONE

1 Die Förmchen mit Butter einfetten.

2 Den Backofen auf 200 °C vorheizen.

3 Für die Schokoladenherzen Eigelbe, Butter, Zucker, Salz und Vanillemark zu einer cremigen, luftigen Masse aufschlagen. Das Eiweiß steif schlagen. Mehl, Kakaopuder und Mandeln mischen, abwechselnd mit dem Eischnee unter die Eigelbmasse heben. Teig in die vorbereiteten Förmchen füllen.

4 Die Förmchen in der Mitte in den Ofen schieben, die Schokoherzen bei 200 °C etwa 9 Minuten backen. Sie sollen nach dem Backen in der Mitte noch sehr feucht sein.

5 Die Zutaten für die Zabaione in einer Chromstahlschüssel über dem kochenden Wasser kräftig schlagen, bis die Creme das doppelte Volumen hat und sehr schaumig ist.

6 Zabaione auf Dessertteller verteilen. Schokoladenherzen stürzen und darauf anrichten, mit Kakaopuder bestäuben. Mit Rosenblütenblättern garnieren. Sofort servieren.

für 4 Kaffeetassen

1 Freilandei
1 Eigelb von
einem Freilandei
3 EL Zucker
½ dl/50 ml Rahm/Sahne
½ Vanilleschote,
aufgeschnitten, Mark
abgestreift
1 dl/100 ml starker
Kaffee, abgekühlt

50 g Zartbitter-Schokolade,
zerbröckelt
1 TL Cognac
2 dl/200 ml Rahm/Sahne,
steif geschlagen

Weiße Schokoladenhaube
1 dl/100 ml Rahm/Sahne
20 g weiße Schokolade
1 EL Orangensaft

CAPPUCCINO-MOUSSE

1. Ei, Eigelb und Zucker in einer Chromstahlschüssel über dem kochenden Wasser zu einer cremigen, luftigen Masse schlagen. Rahm (½ dl/50 ml), Vanillemark und Kaffee zugeben, weiterschlagen bis die Creme dicklich ist. Sofort durch ein Sieb in eine kalte Schüssel gießen. Schokolade zugeben und in der heißen Creme schmelzen, auskühlen lassen.

2. Sobald die Creme dick zu werden beginnt, Cognac unterrühren, Schlagrahm unterheben, auf die Kaffeetassen verteilen. Etwa 3 Stunden kühl stellen.

3. Für die Schokoladenhaube den Rahm aufkochen, weiße Schokolade darin schmelzen, kühl stellen. Vor dem Servieren weißen Schokoladenrahm flaumig schlagen, Orangensaft unterrühren, anrichten auf der Cappuccino-Mousse. Mit Schokoladenraspeln garnieren.

2½ dl/250 ml Rahm/Sahne
100 g weiße Schokolade,
zerbröckelt
1 dl/100 ml Orangensaft
1 Eiweiß von einem
Freilandei, steif geschlagen

500 g gemischte
Sommerbeeren

WEISSE SCHOKOLADEN-MOUSSE MIT SOMMERBEEREN

1. Den Rahm erhitzen, die Pfanne von der Wärmequelle nehmen. Weiße Schokolade zugeben, im Rahm schmelzen, auskühlen lassen, mindestens 5 Stunden zugedeckt kühl stellen.

2. Gut gekühlte Schokoladenmasse mit dem Handrührgerät (Schneebesen) steifschlagen, Orangensaft unterrühren, Eischnee unterheben.

3. Schokomousse und Sommerbeeren abwechselnd in Dessertgläser füllen. Bis zum Servieren kühl stellen.

Tipps

Für dieses Rezept eignen sich auch Milch- und Zartbitter-Schokolade.

Abbildung

REZEPTE DESSERTS

PEKANNUSS-BROWNIES

für eine quadratische Kuchenform von 20 cm Seitenlänge oder eine Springform von 22 cm Durchmesser

1 TL weiche Butter für die Form

200 g Zartbitter-Schokolade, grob gehackt
100 g kalte Butterstückchen
3 Freilandeier
200 g Rohrohzucker
1 Briefchen Bourbon-Vanillezucker
½ TL Meersalz
180 g Weißmehl/ Mehl Type 405
100 g Pekannüsse, gehackt

Dieses Rezept gehört zu meinen «all time favorites». Die kleinen Braunen sind superschnell zubereitet und im Geschmack absolut überzeugend. Ich serviere sie gerne als Dessert, manchmal in Begleitung von einer Kugel Schokoladen- oder Vanilleeiscreme.

1 Backofen auf 180 °C vorheizen.

2 Die Form mit Butter einfetten und mit Backpapier sorgfältig auskleiden.

3 Schokolade mit der Butter in einer Chromstahlschüssel im heißen Wasserbad schmelzen. Schüssel auf die Arbeitsfläche stellen, Masse glattrühren, etwas abkühlen lassen.

4 Eier, Zucker, Vanillezucker und Salz gut verrühren. Warme Schokoladenmasse unterrühren. Mehl und Pekannüsse mischen, zugeben und mit einem Gummischaber unterrühren. Den Teig in die vorbereitete Form füllen.

5 Das Backblech auf der zweituntersten Schiene in den vorgeheizten Ofen schieben, Brownies bei 180 °C etwa 35 Minuten backen. Die Brownies sind fertig gebacken, wenn an einem eingestochenen Zahnstocher klebrige Krümel haften bleiben.

6 Die Brownies in der Form auf einem Kuchengitter etwa 2 Stunden auskühlen lassen. Das Gebäck mit dem Backpapier aus der Form heben, erst kurz vor dem Servieren in Quadrate oder Rechtecke schneiden.

Aufbewahren

Das Gebäck nicht portionieren, sondern am Stück in Klarsichtfolie einwickeln. Die Brownies sind im Kühlschrank bis zu einer Woche haltbar. Vor dem Servieren zuerst Zimmertemperatur annehmen lassen.

REZEPTE COOKIES UND KEKSE

ergibt ca. 10 Stück

Mürbeteig
250 g weiche Butter
2 Briefchen Bourbon-
Vanillezucker
150 g Puderzucker
1 Eiweiß von einem
Freilandei
400 g Weißmehl/
Mehl Type 405

Schokoladenfüllung
150 g Milchschokolade,
zerbröckelt
½ dl/50 ml Rahm/Sahne

wenig Puderzucker und
Schokoladenpulver
zum Bestäuben

GEFÜLLTE SCHOKOBÄREN

1 Butter, Vanillezucker und Puderzucker zu einer luftigen, cremigen Masse aufschlagen. Eiweiß und Mehl zugeben, einen glatten Teig rühren. Teig in Klarsichtfolie einwickeln, 1 Stunde kühl stellen.

2 Den Backofen auf 200 °C vorheizen.

3 Den Teig auf bemehlter Arbeitsfläche 2 mm dünn ausrollen. Bären von 12 cm Höhe ausstechen oder mit Hilfe einer Kartonschablone ausschneiden, auf ein mit Backpapier belegtes Blech legen. Bei der Hälfte der Bären mit kleinen Förmchen Augen, Nase und Mund und nach Belieben Knöpfe ausstechen.

4 Bären in der Mitte in den Ofen schieben, bei 200 °C 7 bis 8 Minuten backen, auskühlen lassen.

5 Für die Füllung Schokolade und Rahm in einer Chromstahlschüssel im heißen Wasserbad schmelzen, etwas abkühlen lassen, «ungelochte» Bären damit bestreichen, zusammensetzen, mit ein wenig Puderzucker oder Schokoladenpulver bestäuben.

REZEPTE COOKIES UND KEKSE

für 26 Cookies

300 g Zartbitter-Schokolade, grob gehackt
250 g weiche Butter
200 g Zucker
½ TL Salz
1 Briefchen Bourbon-Vanillezucker
2 Freilandeier
300 g Weißmehl/ Mehl Type 405
100 g Haferflocken
1 Briefchen phosphatfreies Backpulver

AMERIKANISCHE SCHOKOLADEN-COOKIES

1. 100 g Zartbitter-Schokolade in einer Chromstahlschüssel im heißen Wasserbad schmelzen.

2. Butter, Zucker, Salz und Vanillezucker zu einer luftigen, cremigen Masse aufschlagen. Zuerst nach und nach die Eier, dann die flüssige Schokolade unterrühren. Mehl, Haferflocken, Backpulver und Schokolade mischen, zur Buttermasse geben, zu einem glatten Teig verrühren, 1 Stunde kühl stellen.

3. Den Backofen auf 200 °C vorheizen.

4. Teig mit dem Eisportionierer (5 cm Durchmesser) portionieren, d. h. 26 Halbkugeln abstechen, mit ein wenig Abstand auf zwei mit Backpapier belegte Bleche setzen.

5. Die Cookies in der Mitte in den Ofen schieben, bei 200 °C etwa 14 Minuten backen, herausnehmen und auf einem Kuchengitter auskühlen lassen. Sie sollten ausgekühlt noch weich sein.

Tipps

Die Cookies in gut schließenden Dosen im Tiefkühler aufbewahren. Vor dem Servieren entweder kurz Raumtemperatur annehmen lassen oder wie die Amerikaner für ein paar Sekunden in der Mikrowelle wärmen. So schmecken sie wie frisch aus dem Ofen.

SCHOKOLADEN-HAFERFLOCKEN-COOKIES

für 20 Cookies

250 g weiche Butter
250 g Rohrohrzucker
½ TL Salz
2 Freilandeier
50 g Kakaopuder
2 TL phosphatfreies Backpulver
½ TL Kardamompulver
200 g feine Haferflocken
200 g Weißmehl/ Mehl Type 405

1. Den Backofen auf 200 °C vorheizen.
2. Weiche Butter, Zucker, Salz und Eier zu einer luftigen, cremigen Masse aufschlagen. Kakaopuder, Backpulver und Kardamompulver, Haferflocken und Mehl unterrühren.
3. Aus dem Teig 20 gleich große Kugeln formen, mit 5 cm Abstand auf ein mit Backpapier belegtes Blech setzen.
4. Die Cookies in der Mitte in den Ofen schieben und bei 200 °C 10 Minuten backen. Sie sollten im ausgekühlten Zustand innen noch leicht feucht sein.

Tipp

Die Cookies in gut schließenden Vorratsdosen aufbewahren.

CHILI CON CARNE

2 EL Öl
600 g Rindfleisch zum Schnellbraten, z. B. von der Huft/Lende, in Streifen
250 g Gemüsezwiebeln, fein gehackt
3 Knoblauchzehen, durchgepresst
2 dl/200 ml Gemüsebrühe

2 Dosen Pelati, ca. 800 g
¾ TL Kreuzkümmelpulver
2 EL abgezupfte Majoranblättchen
1 EL zerkrümelte getrocknete rote Chilischote
1 TL edelsüßes Paprikapulver
2 EL ungesüßter Kakaopuder

2 Dosen Indianerbohnen (Kidneybohnen), je ca. 400 g
Salz
2 EL abgezupfte Majoranblättchen zum Bestreuen
200 g Crème fraîche

Sind Sie ob des Bildes überrascht oder haben Sie vielleicht ob der Kombination von Chili und Schokolade gar ungläubig den Kopf geschüttelt? Ich kann das verstehen. Aber trotzdem: die beiden verbindet eine lange Tradition. Die Azteken haben ihre Trinkschokolade meist mit Chili und Zimt gewürzt. Chili con Carne hat ebenfalls eine lange Tradition. Jedoch gibt in diesem Rezept der Kakaopuder dem Gericht weniger den typischen Schokoladenschmack als vielmehr ein ausgewogenes, volles Aroma. Lassen Sie sich also nochmals überraschen! Es lohnt sich!

1 Bei den Pelati den Stielansatz wegschneiden, Tomaten halbieren und in Würfelchen schneiden.

2 Rindfleischstreifen im heißen Öl kräftig anbraten, Zwiebeln und Knoblauch 1 Minute mitbraten, Gemüsebrühe, Tomaten, Gewürze und Kakaopuder zugeben, erhitzen, Fleisch bei schwacher Hitze zugedeckt etwa 40 Minuten schmoren. Gelegentlich rühren.

3 Indianerbohnen in einem Sieb unter fließendem Wasser gründlich spülen, gut abtropfen lassen, zum Fleisch geben. Mit Salz abschmecken.

4 Chili con Carne anrichten. Mit Majoranblättchen bestreuen. Crème fraîche separat dazu servieren.

Tipp
Dazu passen Weizentortillas oder frische Baguette.

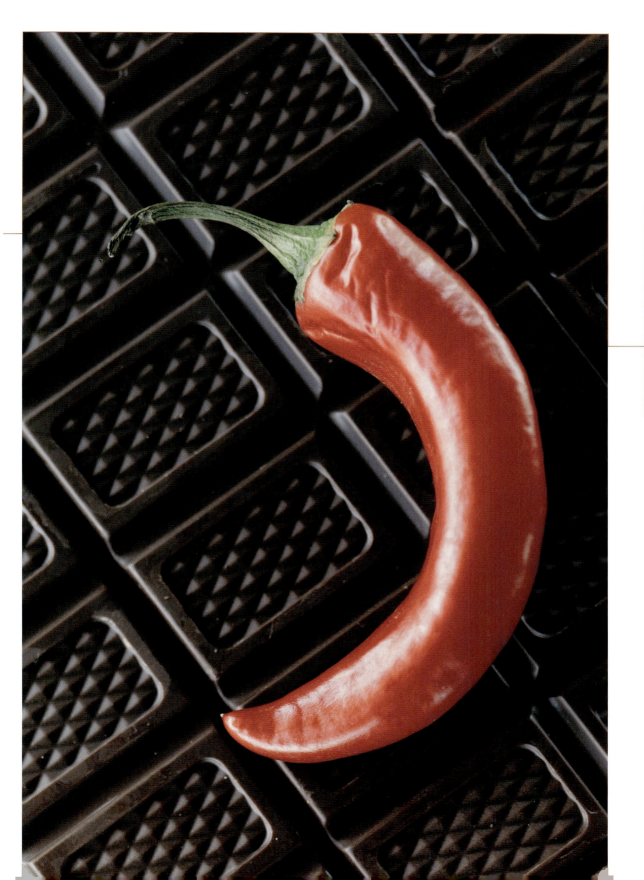

REZEPTE | PIKANTE GERICHTE

1 EL Butter
1 kleine Zwiebel,
fein gehackt
500 g Karotten, geschält,
in Scheiben
8 dl/800 ml Gemüsebrühe
Salz
frisch gemahlener
schwarzer Pfeffer

½ unbehandelte Orange,
abgeriebene Schale
und 1 EL Saft
50 g Zartbitter-Schokolade,
grob gehackt
2 dl/200 ml Rahm/Sahne,
flaumig geschlagen
1 Prise Cayennepfeffer
wenig Zimt zum Bestäuben

KAROTTENSÜPPCHEN MIT PIKANTEM SCHOKOLADEN-RAHM UND ZIMT

1. Zwiebeln und Karotten in der Butter andünsten, mit der Gemüsebrühe ablöschen, bei schwacher Hitze etwa 20 Minuten köcheln. Pürieren.
2. Schokolade in eine Chromstahlschüssel geben und im heißen Wasserbad schmelzen. Zum flaumig geschlagenen Rahm geben, mit dem Cayennepfeffer vorsichtig unterheben.
3. Karottensuppe erhitzen, abschmecken mit Orangenschale und Orangensaft sowie Salz und Pfeffer. Schokoladenrahm unterziehen. Mit einem Hauch Zimtpulver bestäuben.

Tipp
Für die Garnitur eine große Karotte schälen und längs in ca. 2 mm dünne Scheiben schneiden, schöne Formen ausstechen, im Dampf knackig garen. Suppe damit garnieren.

1 EL Butter
1 kleine Zwiebel,
fein gehackt
500 g tiefgekühlte Maroni
7 dl/700 ml Gemüsebrühe
30 g Zartbitter-Schokolade,
grob gehackt
1 dl/100 ml Rahm/Sahne,
flaumig geschlagen

100 g Pancetta (luftgetrockneter Speck), in feinen Scheiben
2–3 Chilischoten, in feinen Ringen, nach Belieben entkernt

SCHARFES MARONI-SCHOKOLADEN-SÜPPCHEN MIT PANCETTA

1. Zwiebeln in der Butter andünsten, gefrorene Maroni zugeben und mitdünsten, mit der Gemüsebrühe ablöschen, aufkochen, bei schwacher Hitze köcheln, bis die Maroni weich sind. Pürieren.
2. Pancetta in der Bratpfanne ohne Fett knusprig braten.
3. Schokolade in der heißen Suppe schmelzen.
4. Maroni-Schokoladen-Suppe anrichten, etwas flaumig geschlagenen Rahm unterziehen, mit Pancetta und Chiliringen garnieren.

Abbildung

REZEPTE PIKANTE GERICHTE

SCHOKOLADE MAL AUF ANDERE ART GENIESSEN…

2 EL Bratbutter/
Butterschmalz oder Öl
zum Braten
700 g Rindsfilet vom
Mittelstück
½ TL Salz
frisch gemahlener
schwarzer Pfeffer

Rotwein-Schokoladen-Sauce
4 dl/400 ml kräftiger
Rotwein
½ TL Maisstärke
2 dl/200 ml Kalbsfond
50 g Zartbitter-Schokolade,
zerbröckelt
1 TL abgezupfte Thymian-
blättchen

½ TL getrocknete Provence-
kräuter
Salz
viel frisch gemahlener
schwarzer Pfeffer

200 g tiefgekühlte Maroni
1 dl/100 ml Gemüsebrühe
einige Thymianzweiglein
für die Garnitur

RINDSFILET AN ROTWEIN-SCHOKOLADENSAUCE MIT MARONI

1. Den Backofen auf 80 °C vorheizen. Eine Platte und vier Teller warm stellen.

2. Rindsfilet mit Salz und Pfeffer würzen, rundum etwa 7 Minuten in der heißen Bratbutter braten, auf die vorgewärmte Platte legen, im Ofen bei 80 °C etwa 90 Minuten niedergaren. Das Filet kann im Ofen bei 60 °C bis zu 40 Minuten warm gehalten werden.

3. Bratfond mit Rotwein auflösen, auf einen Viertel (1 dl/100 ml) einkochen lassen. Maisstärke mit Kalbsfond glattrühren, in die Pfanne geben und unter Rühren aufkochen, einige Minuten köcheln lassen. Schokolade zugeben und unter Rühren in der heißen Sauce auflösen. Sauce mit Thymian, Provence-kräutern, Salz und reichlich schwarzem Pfeffer abschmecken.

4. Maroni mit der Gemüsebrühe aufkochen, bei schwacher Hitze köcheln, bis die Maroni weich sind. Vorsicht: Die Maroni zerfallen leicht. Garprozess überwachen!

5. Das Rindsfilet in Scheiben schneiden, anrichten mit der heißen Schokoladensauce und den Maroni. Mit dem Thymian garnieren.

*2 EL Bratbutter/Butter-
schmalz oder Öl
800 g Rindsragout
150 g Speck, klein gewürfelt
6 Knoblauchzehen,
in feinen Scheiben
5 EL Mehl
½ dl/50 ml trockener Sherry
3 dl/300 ml Rotwein
4 dl/400 ml Kalbsfond
1 Dose Pelati, ca. 400 g,
Stielansatz entfernt, gehackt
½ unbehandelte Orange
½ Zimtstange
1 Lorbeerblatt
2 TL abgezupfte Thymian-
blättchen
500 g frische
Perlzwiebelchen
50 g Zartbitter-Schokolade,
grob gehackt
Salz
frisch gemahlener
schwarzer Pfeffer*

KATALANISCHES RINDSRAGOUT MIT SCHOKOLADE

1. Das Fleisch in der heißen Bratbutter von allen Seiten kräftig anbraten. Speck und Knoblauch zugeben und etwa 5 Minuten mitbraten. Mehl darüberstreuen, kurz mitrösten. Mit Sherry, Rotwein und Kalbsfond ablöschen. Tomaten, Orange, Zimt, Lorbeerblatt und Thymian zugeben, zugedeckt bei schwacher Hitze rund 30 Minuten köcheln.

2. Für ein rasches, einfaches Schälen Perlzwiebelchen etwa 2 Minuten in kochendes Wasser geben, abgießen, kalt abspülen. Wurzelansatz der Zwiebeln abschneiden, Zwiebeln einfach aus der Schale drücken.

3. Orange, Zimt und Lorbeerblatt entfernen. Zwiebelchen zum Ragout geben, nochmals 30 Minuten schmoren. Kurz vor dem Servieren Schokolade in der heißen Sauce schmelzen. Mit Salz und viel frisch gemahlenem Pfeffer kräftig abschmecken.

REZEPTE | PIKANTE GERICHTE

Schokolade: In Spanien wird Schokolade oft zum Bräunen von Saucen gebraucht. In diesem Rezept neutralisiert die Süße auch die Säure von Wein und Tomaten.

*4 Pouletbrüstchen/
Hähnchenbrüstchen
½ TL Salz
frisch gemahlener
schwarzer Pfeffer
2 EL Bratbutter/Butter-
schmalz oder Öl*

Mole poblano
*(pikante mexikanische
Schokoladensauce)
je 2 getrocknete Chilis
Ancho, Guajillo und Astilla
1 Zwiebel, fein gehackt
4 Knoblauchzehen,
grob gehackt
je 1 Prise Gewürznelken-
pulver, Korianderpulver
und Anissamen
1 TL Zimtpulver*

*250 g reife Tomaten,
geschält, Stielansatz
entfernt, grob gehackt
1 dl/100 ml kräftige
Geflügel-/Hühnerbrühe
50 g Rosinen
50 g geröstete Erdnüsse
70 g Zartbitter-Schokolade,
grob gehackt, Salz*

*2 EL weiße Sesamsamen,
geröstet, zum Bestreuen*

POULETBRUST MIT MOLE POBLANO

1 Für die Sauce getrocknete Chilis aufschlitzen, Stiel und Kerne entfernen, Schoten in kleine Stücke brechen. In einer Pfanne oder im Ofen erwärmen und in heißem Wasser etwa 10 Minuten quellen lassen.

2 Den Backofen auf 80 °C vorheizen, eine Platte und vier Teller warmstellen.

3 Pouletbrüstchen mit Salz und Pfeffer würzen, in der heißen Bratbutter auf beiden Seiten je 5 Minuten braten, auf die vorgewärmte Platte legen, im Ofen etwa 25 Minuten garziehen lassen. Poulet-brüstchen können im Ofen bei 60 °C bis 20 Minuten warm gehalten werden.

4 Eingeweichte Chilis abtropfen lassen, grob hacken, mit Zwiebeln, Knoblauch und Gewürzen in der Fleischpfanne gut anbraten, Tomaten, Geflügelbrühe, Rosinen, Erdnüsse und Schokolade zugeben und etwa 10 Minuten bei schwacher Hitze köcheln. Sauce fein pürieren, mit Salz abschmecken.

5 Pouletbrüstchen anrichten, mit der Sauce umgießen. Mit Sesamsamen bestreuen.

Tipps

Für eine echte Mole braucht es mehrere getrocknete Chilisorten; sie sind in mexikanischen Geschäften erhältlich. Ersatzweise kann die Sauce mit Chili-flocken oder Cayennepfeffer pikant gewürzt werden. Mit Weizentortillas oder Baguette servieren.

REZEPTE PIKANTE GERICHTE

für 4 Tassen

150 g Zartbitter-Schokolade, zerkleinert
4 dl/400 ml Milch
20 g ungesüßtes Kakaopulver
1 dl/100 ml Wasser
1 Zimtschale
1 dl/100 ml starker Espressokaffee

HEISSE SCHOKOLADE MIT KAFFEE UND ZIMT

1. Sämtliche Zutaten in einen Kochtopf geben und unter Rühren erhitzen, auf kleinster Stufe 15 Minuten ziehen lassen. Durch ein Sieb passieren. Zugedeckt auskühlen lassen.
2. Die Schokoladenmilch mit dem Schneebesen unter ständigem Rühren wieder erwärmen, nicht mehr kochen.

Tipp
Man sollte die Schokolade einige Stunden vor Genuss kochen, sie wird so cremiger und aromatischer.

für 4 Tassen

6 dl/600 ml Milch
100 g Zartbitter-Schokolade, zerkleinert
1 kräftige Prise Cayennepfeffer
1 kräftige Prise Zimtpulver
2 EL Zucker
2 dl/200 ml Rahm/Sahne, flaumig geschlagen
wenig Kakaopuder zum Bestäuben

HOT CHOCOLATE MIT CHILI UND ZIMT

1. Die Milch aufkochen, die Pfanne von der Wärmequelle nehmen. Die Schokolade zugeben und unter Rühren schmelzen. Mit Cayennepfeffer, Zimt und Zucker abschmecken.
2. Hot Chocolate in Tassen gießen. Wenig flaumig geschlagenen Rahm daraufgeben, mit wenig Kakaopuder bestäuben. Sofort servieren.

Tipps
Heiße Schokolade mit einem Schuss Cognac oder Orangenlikör oder Rum verfeinern. In jede Tasse eine Kugel Vanille- oder Mokkaeiscreme geben und die heiße Schokolade darübergießen.

REZEPTE DRINKS

für 4 Tassen

1 l Milch
200 g weiße Schokolade, grob gehackt
1 Briefchen Bourbon-Vanillezucker
4 Vanilleschoten

HEISSE WEISSE SCHOKOLADE

1. Milch unter Rühren erwärmen. Topf von der Wärmequelle nehmen. Weiße Schokolade und Vanillezucker zugeben, Schokolade unter Rühren schmelzen.

2. Vanilleschoten gleichmäßig längs aufschneiden und in 4 große Becher oder Milchkaffeeschalen stellen. Heiße weiße Schokolade dazugießen. Sofort servieren.

ergibt 8 dl/800 ml

2 ½ dl/250 ml Rahm/Sahne
2 Eigelbe
300 g Zartbitter-, Milch- oder weiße Schokolade, fein gehackt
1 Briefchen Bourbon-Vanillezucker
4 dl/400 ml Kirschwasser

SCHOKOLADENLIKÖR

1. Rahm und Eigelbe unter Rühren erhitzen, Topf von der Wärmequelle nehmen, Schokolade und Vanillezucker zugeben, Schokolade unter Rühren schmelzen. Topf mit Klarsichtfolie zudecken. Die Schokomilch auskühlen lassen. Kirschwasser unterrühren.

2. Den Schokoladenlikör durch ein fein Sieb passieren, in Flaschen mit Schraubverschluss abfüllen.

3. Schokoladenlikör im Kühlschrank aufbewahren. Er entwickelt nach ein paar Tagen sein volles Aroma und ist mehrere Wochen haltbar.

140 g Zartbitter-Schokolade, zerkleinert
1 l Milch
4 EL Akazienblütenhonig
1 unbehandelte Zitrone,
2 TL abgeriebene Schale
1 Msp Pimentpulver
1 Msp Ingwerpulver

MONTEZUMA-DRINK

1. Schokolade in der Milch bei schwacher Hitze auflösen, kühl stellen.
2. Die kalte Schokoladenmilch im Mixer mit Honig, Zitronenschale, Piment- und Ingwerpulver aufmixen.

Tipp
Mit einem Gläschen Rum oder Arrak abrunden.

100 g Zartbitter-Schokolade, zerkleinert
1 l Milch
Schlagrahm/-sahne
Zucker

TRINKSCHOKOLADE

1. Schokolade in der Milch bei schwacher Hitze auflösen.
2. Trinkschokolade ungesüßt servieren. Schlagrahm und Zucker separat dazu reichen.

Tipp
Einen speziellen Geschmack erhält die Schokolade, wenn man nach spanischer Art eine Messerspitze Zimt und ein kräftig geschlagenes Eigelb am Schluss unter ständigem Rühren beigibt.

STICHWORTVERZEICHNIS

A
Agavensirup 50
Allergie 37
Amaretto 46, 74
Amerika 14
Ananas 58, 82
Apfel 82
Aprikosenkonfitüre 52
Arrak 92
Aufstrich, Schoko-Nussnougat 50
Azteken 14, 16, 19, 28

B
Baileys Irish Cream 64
Banane 82, 88, 90
Bestäubung 21
Birne 82
Bittermandelessenz 50
Blüte, Kakao- 22
Blütenblätter 66, 98
Bohne, Indianer- 108
Brasilien 20
Brombeere 82, 96
Brownie 100, 102
Buttermilch 83, 93

C
Cacahuaquahitl 19
Cailler 29, 32
Chili con carne 108
Chilischote 108, 116
Cholesterin 37
Cognac 72, 82, 92, 100
Conchieren 27, 29
Cookie 106, 107
Corallo 31, 32
Cornflakes 78
Cottage Cheese 56
Creme, Bananen- 84

D
Deutschland 15
Dickmacher 37

E
Ecuador 23
Eintopf 108
Eiscreme 90, 93
Eislutscher 90
England 17
Erdbeere 82
Erdnuss 116
Ernte 21, 22
Ertrag 19, 21

F
Fairer Handel 24
Fermentation 23
Fleisch, Poulet- 116
Fleisch, Rind- 108, 113, 114
Florentiner 71

G
Getränke 118, 120, 121
Glasur, Butter-Schokoladen- 44, 60, 66
Glasur, Öl-Schokoladen- 44, 86
Glasur, Rahm-Schokoladen- 44, 59

H
Haferflocken 106, 107
Haselnuss 54, 60, 84, 88
Heidelbeere 96
Himbeere 55, 62, 82, 96
Holland 17

I
Indios 20
Ingwer, kandiert 77
Italiener 28

J
Johannisbeere 96

K
Kaffee 62, 63, 76, 88, 96, 100
Kaffeelikör 68
Kakaobaum 21
Kakaobohne 21
Kakaobohne, Qualität 31
Kakaobohne, rösten 26
Kakaobutter 27
Kakaokernbruch 26
Kakaopuder 54, 55, 56, 62, 64, 74, 75, 93, 98, 107
Kakaopulver 27, 38, 59, 118
Kakaosorte, Criollo 23, 32
Kakaosorte, Forastero- 23, 32
Karies 37

Karotte 110
Kirsche 70, 78, 83
Kirsche, kandiert 77
Kirschwasser 78
Kiwi 82
Klima 21
Knusperli 78
Kokosnussflocken 72, 86
Kopfschmerzen 37
Kosmetika 26
Kuvertüre 38

L
Lindt 29
Lutscher, Eis- 86
Luxussteuer 15

M
Makrone 75
Mandelmus 74
Mandel 58, 59, 60, 74, 75, 77, 78
Mango 58
Maraschino 70
Maroni 110, 113
Marsala 82
Marzipan 78
Mascarpone 62
Mayas 14, 16, 19, 28
Mélangeur 29
Melone 82
Meringue 68
Mikrowelle 51
Minze 84
Mole poblano 116
Mousse, Kaffee- 100
Mousse, Schokoladen- 92, 94
Mousse, weiße Schokoladen- 92, 100
Muffin 55

N
Nicaragua 16

O
Orange 50, 110, 114
Orangeat 58
Orangenlikör 56, 66, 68, 74, 82, 88, 92, 94, 96

Orangenmarmelade 56
Orangensaft 56, 66, 100
Ostafrika 31

P
Pancake 83
Panna-Cotta, Schokolade- 88
Panna-Cotta, Vanille- 88
Pancetta 110
Papaya 58
Parfait 96
Pekannnuss 100, 102
Peter und Kohler 29
Petit-Beurre 54, 63, 64
Pistazie 63, 78

Q
Quark 50
Quetzalcoatl 19, 20

R
Rajoles 31
Randensaft 72
Rosine 50, 60, 116
Rosenwasser 72, 98
Rotwein 94, 113, 114
Rovira, Enric 30, 32
Rum 54, 60, 52, 88, 92

S
Sachertorte 52
Sesamsamen 116
Sherry 114
Sirup, Campari-Schoko- 83
Spanien 17, 30, 209
Speck 110, 114
Suchard 29
Südostasien 20
Suppe 110

Sch
Schokolade, temperieren 43
Schokolade, schmelzen 45
Schokolade, Fondant- 29
Schokolade, Milch- 29, 38, 60, 63, 66, 75, 76, 77, 78, 82, 88, 90, 92, 104
Schokolade, Schmelz- 29
Schokolade, temperieren 43

Schokolade, weiße 38, 70, 72, 74, 76, 92, 93, 100
Schokolade, Zartbitter- 52, 54, 59, 60, 63, 66, 68, 70, 74, 75, 77, 78, 80, 82, 83, 84, 86, 88, 89, 90, 92, 96, 100, 102, 106
Schokoladenblätter 47, 96
Schokoladenchips 38, 64
Schokoladendrops 389
Schokoladenfondue 78
Schokoladenglasur 44
Schokoladenlocken 46
Schokoladenpulver 38, 102, 104
Schokoladenrapsel 38, 46, 62, 70
Schokoladenröllchen 46
Schokoladenstreusel 38
Schokoladenwürfelchen 38, 64

T
Tauschmittel 15
Teig, Biskuit- 52, 54, 56, 62
Teig, Blätter- 90
Teig, Hefe- 58
Teig, Mürbe- 70, 102
Teig, Rühr- 51, 52
Toblerone 29
Tomate 108, 114 , 116
Trüffeln 34, 72, 74

V
Venchi 32, 33
Venezuela 17, 23
Verstopfung 37

W
Waffel 88
Westafrika 20
Westindien 17

Z
Zabaione 82, 98
Zahlungsmittel 14, 17
Zitronat 58
Zuckerperlen 52
Zwieback 50
Zwiebel 114

AUTOREN UND FOTOGRAF

Armin Zogbaum

hat als gelernter Koch eine klassische Laufbahn bis zum Küchenchef durchlaufen; er war u. a. Schüler von Agnes Amberg. Heute arbeitet er freiberuflich als Rezeptautor für Kochbuch-Verlage und renommierte Zeitschriften im deutschsprachigen Raum. Lustvolles Essen hat für den Profi viel mit Optik zu tun. Styling, nicht nur im Foodbereich, ist seine zweite große Leidenschaft. Hier findet er Ausgleich und Inspiration für neue kulinarische Höhenflüge.

Jérôme Bischler

ist in der Werbefotografie groß geworden. Schwerpunkte seiner fotografischen Arbeit sind heute redaktionelle Beiträge in den unterschiedlichsten Sparten für Zeitschriften und die Realisierung von Buchprojekten, unter anderem im kulinarischen Bereich.

Edith Beckmann

arbeitet als freie Journalistin für Zeitschriften, Zeitungen und Buchverlage. Als passionierte Gärtnerin befasst sich in ihren fundierten Beiträgen mit allem rund um die Nahrung.